GUN TUG I SPÈIS DON ÀRMANN

le Iain MacCormaig

Akerbeltz

Chaidh an tionndadh seo a dheasachadh is fhoillseachadh ann an 2022 le Foillseachadh Akerbeltz, Glaschu.

Dàta Leabharlann Bhreatainn Cataloguing-in-Publication

Gheibhear clàr CIP an leabhair seo o Leabhar-lann Bhreatainn

Stèidhichte air *Gu'n D'thug I Spéis do'n Àrmunn* le Iain MacCormaig a chaidh fhoillseachadh le Alasdair Gardner ann an 1908.

Air a dhealbhadh is air a chlò-shuidheachadh le Foillseachadh Akerbeltz

Dealbhadh a' chòmhdachaidh le Rob Wherrett

ISBN 978-1-907165-51-1

www.akerbeltz.eu

AN CLÀR-INNSE

A' Challainn an Taigh an Loch

"Gun thug mi spèis don àrmann
Am bothan beag na h-àirigh;
'S e 'cuimhneachadh an-dràst' air
A dh'fhàg mi dubhach brònach."

"Is blianach Nollaig gun sneachd," ars an sean-fhear, ach chan ann mar sin a bha an Nollaig air a bheil sinn ag iomradh an ceartair. Tharraing a' Bheinn Mhòr a fallaing ma ceann mun robh an t-Samhain ach òg, is mun deach an geamhradh dubh na thaigh, bha na sraithean fhèin air an còmhdach le sròl de shneachdadh tioram geal. Bha an tìr uile an grèim dhainginn aig an reothadh chruaidh, a chuir stad air mireig nan tonn, air gach loch is lochan, le sgàil-bhrat tiugh de dheigh. Cha chluinnteadh am beul gach neach ach: "Nach i 'n t-sìd' nàdarra ghast' i! Tha seo coltach ris na seann gheamhraidhean." Bha a naidheachd fhèin aig gach aon bu shine na chèile, air na làithean a dh'aom – samhraidhean bu bhlàithe 's geamhraidhean a b' fhuaire. Ach bha an geamhradh seo a' toirt nan cuimhne làithean an òige na b' fheàrr na iomadh geamhradh greis roimhe siud.

Seadh! Bha an t-sìde ann, ach mo chreach, cha robh mòran de na cleachdainnean. Dh'fhalbh iad siud còmhla ris an t-sluagh, is chan fhaicteadh ach glè annamh iasgairean len eallaich a' tighinn à coille chaoil, no beinn an fhraoich, no coille chaman. Cha robh mòran de eòlas aig an òigridh air na nithean seo ach mar a bha iad ag ealainnt on t-seanair, a bha mar shlabhraidh a' dèanamh co-cheangail eadar an t-seann linn 's an linn ùr, is cha robh taigh san robh sean-fhear no sean-bhean nach biodhteadh aig aman sònraichte a' toirt oidhirp air na seann chleachdainnean a chumail air chuimhne san t-seann dòigh. Ach cha robh an dòigh sin ach a' leigeil fhaicinn gun robh na cleachdainnean ionann 's mar an linn dom buineadh: anns na h-ospagan mu dheireadh. Cha robh taigh san Ros a rinn spàirn cho cruaidh air an t-seann dòigh a chumail suas ri Taigh an Loch, agus b' iomadh Callainn shunndach, agus bòrd brèagha a chunnacas ann ri latha.

Thachair sin air an Nollaig air a bheil an t-iomradh seo. Bha bean an taighe 's a cuid nighean, fad an latha, a' cur mu rèir airson "bòrd na Callainne." Chaidh a' chlàiridh a thoirt a-nuas, agus bòrd a chur ri ceann bùird fad an taighe, 's iad a' dìosganaich fon cuallach.

Mar bu shine a bha an oidhche a' fàs, 's ann, mar an ceudna, bu shunndaiche a bha i a' fàs. Bha paidhir an-dràsta 's a-rithis a' tighinn a-staigh a chur seachad na Callainne 's a thoirt a-staigh na Nollaig an Taigh an Loch, 's a' guidhe "Nollaig Chridheil agus Bliadhna Mhath Ùr nuair a thigeadh i" do na bha rompa, agus gu seachd sònraichte don t-seanair a bha na shuidhe an ceann-adhairt na leapa a' feitheamh 's ag èisteachd gu sàmhach. Bu chuimhne leis-san còrr agus ceithir fichead Nollaig agus Callainn, agus cha robh uair a thigeadh an t-àm sònraichte seo mun cuairt nach tigeadh làithean òige, len cuid gineal, gu soilleir ma choinneamh.

Ach chaidh gnog a thoirt air an uinneig agus chualas caochlaid nam balach a' gabhail rannan Callainne:

"A' Challainn seo, a' Challainn seo!
Bhì bhoiceann, buail an craiceann;
Cailleach sa chill, cailleach sa chùil,
Cailleach eile taobh an teinidh,
'S bior na goil 's i air chrith;
A' Challainn seo!"

A rèir an t-seana chleachdainn, bha bean an taighe an geall air bonnach Callainn an t-aon a thoirt do na balachain, 's cha bu luaithe a gheibheadh iad siud na thàireadh iad às gus an ath-thaigh.

Ach cha b' fhada air falbh iad na thàinig an ath-bhuidheann, 's a chualas an ath-rann, le gaoir-chath mar eas aibhne:

"A bhean bheusach bhanail,
Bi gu h-ullamh ealamh;
Chaidh a' bhliadhna seo tharainn
Dìreach mar bu mhath leinn:
'S bhon tha thusa maireann,

Beir an làthair ann an cabhaig
Pàirt de na dh'fhàg i agad.
'S iomadh duine còir
A tha 'n-diugh fon fhòid,
A bha 'n-uiridh beò
Ag itheadh 's ag òl
Nan suidhe mun bhòrd;
'S bhon tha thusa slàn,
'S gun do sheachain thu 'm bàs,
Leig fhaicinn do thaing
Le aran 's le càis
Is botal no dhà
Den stuth as fheàrr
Na bainne on àil;
A' Challainn seo!"

Gheibheadh iad siud an riarachadh mar a fhuair càch, agus dh'fhalbhadh iad gu toilichte.

Thòisich an sin a' Challainn. Lasadh na coinnlean, 's bha an taigh gu dreòsach boillsgeach sunndach. Shuidh a' chuideachd mun bhòrd 's thòisich deochannan-slàinte 's bearradaireachd 's òrain gus an tàinig a' Bhliadhn' Ùr a-staigh, nuair a chuir iad fàilte chridheil air a chèile.

"Thèid mi fhìn 's tu fhèin nar cinn stuic air an tràigh iomainich a-màireach, a Dhùghaill," arsa fear de na gillean a bha a shùil am Mòir bhig, tè de nigheanan an taighe.

"Tha mi toileach," arsa Dùghall, "agus 'nuas e 'm maide-brochain feuch cò 'd air an tig a' chiad ghlaodh."

Ghàir a' chuideachd nuair a thòisich na gillean air dòrn air an dòrn feuch cò 'd aige a bhiodh an dòrn mu dheireadh den mhaide-brochain. Thàinig e air Dùghall, 's nuair a chuir e trì uairean mun cuairt a chinn e, ghlaodh e: "Buaileam ort." "Leigidh mi leat," ars am fear eile. "Bithidh Mòr bheag agam," ars esan. Rinn na bha a-staigh glag mòr gàire nuair a chuala iad mar a thàinig an car à leannan Mòir bhig.

"An-dà," arsa bean an taighe, 's i na boireannach gleusta geur sgaiteach, "'s tric a thug bòrd Nollaig bòrd bainnse mun cuairt. Ach mas 'beag' dhut i, cha 'mhòr' leat i."

Ghàir a' chuideachd gu cridheil, 's cha robh gàire a-staigh a b' àirde na gàire Dhùghaill fhèin. Bha an seann duine gu sàmhach tostach ag èisteachd ri briathran geur a nighinn fhèin. Cha robh a h-aon fo sparran an taighe a thuig: ma bha dara taobh lànain a dhìth air Dùghall gum feumadh e dol le thuaigh do choille air choreigin eile. Cha do ghabh Dùghall leis a sin miapadh sam bith. Chuir e mun cuairt a bhotal gu suilbhir le dranndan sunndach òrain:

> "Tha 'm botal seo rèidh,
> 'S fear eile na dhèidh;
> 'S cha mhaireann mi fhèin
> Mur a h-òl sinn e.
> 'S e gillean mo rùin
> A thogadh mo shunnd;
> 'S e Là na Bliadhn' Ùir
> Thug sòlas dhomh;
> 'S e gillean mo rùin
> A thogadh mo shunnd.

Rug a' chuideachd air làmhan air a chèile mun cuairt a' bhùird is thog iad am fonn gu togarrach.

"'S math 'tha cuimhn' aig an t-seann duine air an latha 'chaidh an t-òran ud a dhèanamh," arsa Dùghall.

Cha do mhothaich iad na deòir mhòra chruinne a bha a' sruthadh ri gruaidhean an t-seann duine leis an tiomadh a thug an t-òran air. Thug iad làithean eile na chuimhne, agus, mar an ceudna, càirdean gaolach leis an do chaith e iomadh Nollaig shunndach, ach a bha a-nis nan dachaigh bhuain o chionn iomadh bliadhna.

Ars an seann duine 's e a' bruidhinn: "Cha deach Callainn thar mo chinn bhon a bha mi 'm bhalach nach cuimhnich mi air a' cheart Challainn a rinn m' athair fhèin an t-òran a ghabh thu,

Dhùghaill. Bha sinn gu sunndach aig bòrd na Callainne nuair a chunnacas dithis shaighdearan, len còtaichean dearga, 'dol seachad an uinneag. Thàinig iad a-staigh, agus cò bh' ann ach mo dhà bhràthair air tighinn air fòrlach às an arm, agus ò, b' e siud a' chòmhdhail chridheil a bha rompa aig am pàrantan caomha."

Lìon gach sùil a bha a-staigh agus chaidh a' chuideachd greis fo phràmh a' cuimhneachadh air an aimsir a dh'fhalbh. An sin dh'iarr iad sgeul on t-seanair. Dh'aontaich esan, is dh'èist iad ris, am feadh a bha e ag innseadh sgeòil air an linn a bh' ann "mun tug a' chaora an soc às an talamh," 's mun deach "coilear geal mu mhuineal an Rois", nuair a bha na glinn air an àiteachadh, is smùid às gach tobhta a bha an-diugh gun cheann, 's nuair a bha àl na dùthcha a' dèanamh euchd len airm air machraichean na h-Eòrpa.

B' i seo an sgeul…

Cruinneachadh nan Saighdear

Is math a b' aithne dhomh fhìn a' chàraid, Iain Bàn na Saor-Pheighinn agus Màiri bhòidheach a' chìobair. Bha Iain aig an taigh air fòrlach, ach dhubh speur na sìth agus dh'èirich neòil a' chogaidh, is b' fheudar dol gu cruadal a-rithis.

Thàinig e a dh'fhàgail beannachd aig Màiri, agus nan seasamh aig ceann Loch Aspaill an sàmhchair a' mheadhan-oidhche, labhair iad briathran gaoil, gus an do shil an sùilean deòir bhlàth a' mhulaid a lìonas càirdean an àm dealachaidh.

"'S iomadh rud a thig duine troimhe eadar a bhreith 's a bhàs, is cha robh dùil a'm, a Mhàiri, gun tigeadh orm dol a-rithis cho goirid an dèidh a bhith cheana ann, ri aodann claidheamh an Fhrangaich. Ach, bi thusa, a ghaoil nam ban, dìleas greis fhathast, is ma tha 'n dàn dhomh tilleadh, thèid an t-snaidhm a chur nach fhuasgail fiacaill."

"B' àill leam," arsa Màiri, "bhith air falbh leat an cois na rèisimeid mar tha iomadh bean fir às an Ros, agus mo dhà làmh fhèin 'bhith mun cuairt ort nan rachadh do leòn. Ach, co-dhiù, bho nach gabh sin a bhith, mo làmh dheas dhut nach tèid currac orm gus an till thu. Is fhios a'm nach do chrìon do ghràdh dhomh."

"Nach do chrìon mo ghràdh dhut, a Mhàiri!" ars Iain. "Cha chrìon gus an till abhainn Thìr Chonaill air ais ri aodann Beinn Lighe. Cha chrìon, cha chrìon, a rùin."

Ghlais a' chàraid an làmhan mu chèile, is sheul iad am briathran gaoil le pògan milis. Shruth deòir fhrasach ri gruaidh gach aoin, is bha sgaradh fad iomadh latha eadar dà chridhe a bha bho làithean an òige a' plosgadh an gaol air a chèile.

Le ceum trom bho chridhe gu sgàineadh, thug Iain aghaidh air an t-Saor-Pheighinn, is bu lìonmhor a smaointean air an rathad. Cha robh cnoc no allt, no lùb, no glac nach robh a' toirt làithean òige air an ais na chuimhne, agus b' iad na làithean sin na làithean sona toilichte. Bha e ra dhùthaich fhàgail an latha a-màireach agus math dh'fhaoidteadh nach fhaiceadh e choidhche i, agus bha e leis a sin ga faicinn air an oidhche seo na bu bhòidhche na chunnaic e a-riamh i.

B' i oidhche mu dheireadh an earraich a bh' ann, is b' i an oidhche bhòidheach i cuideachd. Bha a' ghealach làn anns an speur, is a faileas òr-bhuidhe dannsadh air aodann dealrach Loch Aspaill, far an robh am breac lùthmhor a' leum ri meanbh chuileig na h-oidhche shèimh seo. is sheasadh Iain a shealltainn an dèidh chearcall a' sgaoileadh gu bòidheach air aodann an locha gus an do shìolaich iad anns an astar, no gus an do chailleadh iad iad fhèin anns a' chuilc, no ri bruachan an locha. Bha an lach a' ràcail anns gach lùb a' sireadh a lòin; no fead a h-iteig ra cluinntinn san adhar air a slighe gun loch. Bha na neòil mhòra gheala a' snàmh gu mall socrach ri aodann nan speur, is gaoth fhann na h-àirde deas gan iomain bho mhonadh àrd na Saor-Pheighinn gu mullach gorm Beinn Lighe, is reultan mìogach an anmoich a' priobadh 's a' caogadh tro gach uinneig a bh' orra. Is iomadh uair a sheall Iain air an t-sealladh ud, ach cha do ghabh a chridhe a-riamh roimhe a-staigh a' bhrèaghachd mar a ghabh e an oidhche ud. Ach bha e air an àm a' sealltainn air le sùil fir a bha a' fàgail a dhùthcha 's a chàirdean às a dhèidh glè mhoch a-màireach agus, math dh'fhaoidteadh, gun am faicinn ri bheò. Thionndaidh e aghaidh air falbh, is le sùil thruim sa ghrunnd, is osann a cheart cho trom bho chridhe, "Ochòin," ars esan, "nach ann agam tha 'm farmad ri feadhainn a tha 'fuireach, is nach sona iad nach d' fhàg an dùthaich riamh, is nach sona an dùthaich anns nach cluinnteadh an-diugh fuaim nan sligeanach stàilinn a' sgàineadh 's a' tilgeil gathan bàis ceudan slat mun cuairt. Ach 'cha dèan fuireach feum, ach falbh; feumaidh sinn bhith togail oirnn', ge b' ann a bhith 'm 'fhear eile airson Eachainn' fhèin sa chath." An sin, le fead aotrom 's ceum uallach an t-saighdeir, aon uair eile, thog e air dhachaigh a chur aon oidhche eile seachad fo na cabair fom b' òg an d' fhuair e àrach.

Bha a mhàthair, mar bu mhinig a bha i, na suidhe taobh an teine a' feitheamh ris 's a' cumail a chuid càbhraich blàth.

"Tha sibh air ur cois fhathast, a mhàthair, nach iomadh oidhche anmoch a chùm mi às ur leabaidh sibh a-nis?"

"Is iomadh, a ghaoil, is tha mi 'n dòchas gur iomadh oidhche anmoch a chumas tu fhathast cuideachd mi."

"Tha mi 'n dòchas, an dèidh na h-uile rud gur h-iomadh," ars Iain 's e ga pògadh le pòig bhlàith.

"Ach tha mi 'creidsinn, ma tha 'n dàn dhut tilleadh a-rithis, gum bheil fiughair agad gum bi cuideigin eile gad fhaire tighinn anmoch gu baile," ars a mhàthair le triutan gàire bho chridhe glè throm.

"Ma tha 'n dàn dhomh dol na lùib, is tric a gheibh i cothrom air a sin, a mhàthair," ars Iain. "Tha fios againn ciod e chaidh seachad, ach chan eil fios againn ciod e tha ri tighinn," ars esan, "ach, co-dhiù, thig fear an t-saoghail fhada tro gach cunnart − is thàinig mise tro iomadh cunnart mar-thà, mun d' fhàg an t-Arm Breatannach beanntan gorma na Spàinne às a dhèidh."

Chaidh an taigh mu thàmh, is mun d' èirich grian an latha a-màireach thar beanntan gorma Latharna, cha robh similear san Ros Mhuileach nach robh a smùid chaisreagach fhèin às, agus cha mhò bha teintean ann eadar Caol Idhe is Cille Phàdraig air nach robh smal agus leann-dubh, agus na h-uile air an aon adhbhar: gun robh smior na dùthcha an latha sin ra fàgail, agus pàirt dhiubh nach tilleadh gu bràth. Mhosgail a' mhadainn gu bòidheach air cnocan glasa an Rois, ach bha iad uile fo phràmh, agus dealt na h-oidhche mar dheòir air gach badan fraoich is crann rùisgte. Bha torman bròin aig tonnaibh na fairge 's iad a' briseadh gu trom air gach rubha 's a' rannsachadh gach fròig am measg nan clach. Mun d' èirich a' ghrian ri àirde a' mheadhan-latha, bha cruinneachadh am baile beag Bhun Easain nach robh ann bho bhliadhna Theàrlaich. Chruinnich iad bho chloich gu cloich den dùthaich, ceatharnaich òga smearail deas dìreach, agus mòran dhiubh air nach do chinn feusag. Nam measg bha fir is mnathan, sean is òg, cuid len cinn liatha, a chunnaic còrr agus leth-cheud bliadhna roimhe siud àrmainn àlainn an Rois air an t-slighe a thoirt còmhnaidh do Theàrlach Òg Stiùbhart.

B' e siud an latha mòr gun teagamh. Bha am baile làn bho Thaigh a' Chladaich gu Abhainn a' Mhuilinn, an t-aosta ri bròn is an t-òg ri làn-aighear, agus sgonna-bhodaich chòir a' cur misnich nan cuid mac 's a' làimhseachadh am bataichean cromagach mar chlaidheamhnan. Bha cuid a' seinn òran, cuid a' dannsadh ri ceòl na pìoba, is cuid ag èigheach gach brosnachadh cath air an cualas a-riamh iomradh: "Cuimhnichibh air na suinn on tàinig" aig h-aon, "Na teichibh gu bràth nas fhaide na theich an Fhèinn" aig a h-aon eile, "Biodh na Frangaich is cuid nan sìneadh air am màgan," "Na tillibh gu bràth gun cheann Bhonaparte," "Ho-rè, ho-rè!"

> "Bhith gan cuimhneachadh 's gan ionndrainn,
> Na fir ùra 'dh'fhalbh air sàile;
> Bhith gan cuimhneachadh 's gan ionndrainn."

"Ho-rè! Suas i, fheara dubha an Rois, is cumaibh a' bhratach bhuidhe air a bheil leòmhann craobhach Albann a' crathadh gu bràth an gaoith bhlàith na Frainge. Ho-rè, suas i, suas i!"

Bha an aon ùb-àb bho cheann gu ceann den bhaile. Shèid Seumas MacLeòid suas a phìob mhòr, is bha fuaim "Cruinneachadh Chloinn 'IlleEathain" air a giùlan bho Thòrr a' Bhacain gu gach cnoc mu thimcheall, 's gach cnoc a b' fhaide air falbh a' cumail na fuaime na b' fhaide beò.

Chaidh na gillean a chur an òrdugh, 's le fear na Fidein is fear Àird Fìneig air an ceann shiubhail iad air falbh le ceum aotrom trileanta. Bha na pìobairean a' cluich "Gillean an fhèilidh" agus is gann nach robh an corragan a' toirt a-mach nam facal:

> "Soraidh is slàn,
> Ho-rò, guma fallan dhuibh,
> Gillean an fhèilidh."

’S iomadh tè a leig deur an latha ud, màthraichean a’ caoineadh am mac, peathraichean am bràithrean, agus maighdeannan òga an leannain, agus nam measg seo bha Màiri a’ Chìobair an Siaba. B’ iad seo a’ chuideachd mun tubhairt Dòmhnall Bàn Lìoba:

> “Chaidh na gillean grinn nan armachd;
> ’S math thig an còta dearg dhaibh;
> Chaidh na gillean grinn nan armachd.
> Gillean an Rois Mhuilich,
> ’S iad fhuair an t-urram
> Nuair chaidh iad do Lunnainn
> Len gunnaichean gorma.”

Dh’fhalbh iad is bha tùrsa anns an Ros uile nan dèidh.

Cèilidh an Taigh a' Chìobair

Nuair a thàinig an oidhche, lìon gach taigh-cèilidh, 's b' ann dhiubh taigh a' chìobair an Siaba. B' i cuspair na h-oidhche anns gach còmhdhail an taomadh goirt a thàinig air an dùthaich an latha ud. Am measg na bha an taigh a' chìobair, bha am maighstir-sgoile, 's e a' toirt dhaibh eachdraidh na h-ùpraid a bha feadh na Roinn-Eòrpa. Bha e daonnan a' faotainn leughadh den Journal bho Mhaighstir Dùghall, ministear Aspaill, is cha bhiodh taigh-cèilidh sam bitheadh e nach biodh làn bho oisinn gu oisinn, is thòis-icheadh na sgeulachdan. Aon eile de na bha a-staigh, b' e Donnachadh Aotrom. Thugadh an t-ainm seo air a chionn 's gun robh e aotrom na phearsa is na sheanchas, agus glè sgaiteach na sheanchas cuideachd, agus, mar an ceudna, aighearach, ach gun ghò, gun chron.

"An-dà," arsa Dòmhnall Foirfeach, "tha cuimhne agamsa, 's mi nam bhalach glè bheag, buidheann de ghillean − chan eil dùil a'm nach robh seachd fichead dhiubh ann, agus a' chuid bu mhotha dhiubh gun fheusaig − a dh'fhalbh às an Ros roimhe, ri linn bliadhna Theàrlaich."

"Nach ann le Fear Dhubhairt a dh'fhalbh iad sin?" arsa Donnachadh Aotrom.

"'S ann," arsa Dòmhnall.

"No le fear gun Dubhairt idir, 's e bu chòir dhomh a ràdh," arsa Donnachadh.

"Ach stad oirbh," ars an cìobair, "a bheil cuimhn' aig a h-aon agaibh a chluinntinn mun t-sealladh a chunnaic Iain Taibhsear shuas an Cill Fhinichin o chionn bliadhna no dhà? Bha e feasgar bòidheach samhraidh − is tha iad ag ràdh gur e sin àm is dòcha rud fhaicinn − agus an dol fodha na grèine, cuideachd, 's ann a bh' ann. Bha e, ma-tà, buachailleachd crodh Eòghainn Mhòir agus ciod e b' iongnadh leis fhaicinn ach buidheann shaighdearan a' cois-eachd seachad gu spaideil bòidheach. Bha 'n sealladh cho taisbeanach 's nach do smaointich e riamh nach bu daoine nàdarra corporra gu leòir a bh' annta gus an deach iad às a shealladh cùl coilleig ghuirm, agus 's ann nuair nach tàinig iad am follais a-rithis nuair a bha ùine aca, a thuig e gum b' e tathaisg a chunnaic e. Nach bu neònach sin?"

"An-dà, b' eadh, bu neònach e gu dearbh," ars am maighstir-sgoile, "'s chan eil mi idir ag ràdh nach tàinig a cheart rud air a chois an-diugh fhèin."

"An-dà, bhuail a' cheart rud a'm inntinn-sa," arsa bean a' chìobair 's i a' sgur de chàrdadh. Ach 's ann a thèid a' chuid-eachd a dh'fhalbh an-diugh tron Ghleann Mhòr."

Thàinig tartaraich gun doras, is cò thàinig a-steach ach Iain Taibhsear fhèin.

"Cò tha glèidheadh an taighe?" ars Iain gu tiom socrach, 's e mar bu ghnàth a' caradh òrdag mun cuairt a chèile.

"Tha na chuireadh a-mach sibh," arsa Donnachadh Aotrom.

"Ha ha," arsa bean an taighe, "nach èibhinn Donnachadh!"

"Tha sinn dìreach a' bruidhinn oirbh an seo, Iain," arsa Donnachadh.

"Tha mi 'n dòchas gur h-ann gu math, ma-tà," ars Iain.

"Chan ann gu math no gu dona, ach an gnàth sheanchais. Tha iad seo ag ràdh gun tàinig an sealladh a chunnaic sibh aig Cill Fhinichin air a chois an-diugh."

"An-dà, cha tàinig" ars Iain.

"Cha tàinig," arsa Donnachadh, "a chionn 's e rathad a' Ghlinn Mhòir a ghabh iad seo."

"Ged a b' e rathad Chill Fhinichin a ghabhadh iad, cuideachd, chan iad a chunnaic mise," ars Iain, 's e a' sealltainn am mullach an taighe agus daonnan a' caradh òrdag.

"Sin agaibh a-nis," arsa bean an taighe.

"Tha sin iongantach," arsa Màiri.

"Ciod e mar a-nis, Iain?" ars an cìobair.

"Tha mar seo," ars Iain, "cha robh madadh no òrd, mar a their sinn ris, air na gunnachan a bha 'n fheadhainn a chunna mise a' giùlan, ach maol lom a-sìos gun stoc."

"Ùbh ùbh!" arsa Donnachadh Aotrom. "Cha chualas riamh gunna gun òrd."

"Biodh sin 's a roghainn 's a dhà roghainn dha, siud mar a bha co-dhiù."

"Thalla, thalla!" ars an cìobair, "'s e sin rud as neònaiche chuala mi riamh idir. Feumaidh gur e manadh air choreigin a tha 'n sin. Chan eil nas cinntiche nach e rudeigin a tha gu teachd a th' ann."

"'S iomadh àl a thig mun tig iad siud," ars Iain.

"An-dà, an-dà!" arsa Donnachadh Aotrom, "cha robh mi riamh ach a' dèanamh cùis-mhagaidh ded thaibhsearachd, ach 's ann a tha thu cur seòrsa dh'eagal orm, 's gu dearbh fhèin, mar tha 'm port ag ràdh:

> "Mur eil agad ach an aon shùil,
> Chì thu leis an t-sùil a th' agad.

"An cuala mi riamh a leithid, fheara 's a ghaoil!"

"'S tric a chì mi leis an aon shùil rud nach math leam còrr uair."

"Bha taibhsearan riamh ann, is bithidh," arsa bean an taighe, "'s mura biodh rudeigin den fhìrinn ann, cha b' urrainn iomradh bhith air a leithid de rud is taibhsearachd a h-uile linn riamh o chionn nan ceudan bliadhna. Dh'fheumadh am facal 's an ealain, mas ealain i, bàsachadh uaireigin. Nach eil mi ceart, a mhaighstir-sgoil?"

"Hm-m," ars am maighstir-sgoile, "tha rudan neònach air an innseadh gu dearbh, 's nuair a chluinneas sinn pàirt dhiubh a' tighinn air an cois, chan eil teagamh nach toir e aomadh air duine gu bhith dèanamh seòrsa creidsinn ann."

"Tha na Gàidheil 's na h-Èireannaich a' creidsinn gu daingeann an taibhsearachd," ars am foirfeach.

"Nach ann à Èirinn a thàinig sinn air fad?" arsa Donnachadh Aotrom.

"'S e sin aon rud nach creid mise, co-dhiù," ars am maighstir-sgoile. "Bha na Gàidheil sa Ghàidhealtachd riamh – co-dhiù mum bheil eachdraidh a' toirt cunntais orra – 's cha chuir duine sam bith às mo bheachd mi nach sinn na Cruithnich a thug an garbh-choinneamh do na Ròmanaich."

"M' eudail sibh fhèin, a mhaighstir-sgoil! Tha mi 'n dòchas gun toir na Cruithnich a dh'fhalbh às an Ros an-diugh coinneamh a cheart cho garbh do na Frangaich."

"Ho-rò, agus mo chion oirbh fhèin, a bhean a' chìobair, nach math a fhuaireadh agaibh e!" arsa Donnachadh Aotrom. "Ach, fheara, eudail! nach toir sibhse 'n aire a liuthad leum 's a thug sinn asainn bhon rud air an do thòisich sinn. Nach neònach far an stad bruidhinn, càite sam bith an tòisich i!"

Fad na h-ùine bha Màiri bhochd ag obair feadh an taighe 's ag èisteachd. Bha a cridhe làn gu sgàineadh a' cuimhneachadh air an àrmann àlainn a dh'fhàg a bheannachd bhlàth, a phòg mhilis, 's an gealladh daingeann aice a-raoir. Bha e na sùilean fhathast nuair a sheall i às a dèidh air, an dèidh dealachaidh 's gun fhios an coinnicheadh iad gu bràth tuilleadh, ach bha tè no dhà san Ros da seòrsa.

Sgaoil a' chuideachd glè anmoch san oidhche. Chaidh an taigh mu thàmh, is chaidh Màiri a bhruadar air a leannan, do leabaidh na clòsaid. Air an oidhche ud, agus air iomadh oidhche eile, fhliuch a deòir a cluasag. Ach an ùine gheàrr thug litrichean Iain mòran den smal far a cridhe mhaoith òig, ged a b' iomadh latha aig luadhadh 's aig dannsadh, bhiodh a gàire cridheil os cionn cridhe ghoirt.

Dhùisg madainn a' chiad latha an dèidh na gillean falbh, gu bòidheach aoibheil. Bha na cnuic 's na glacan, na dailtean 's na raointean air am failceadh an gaithean blàtha na grèine, bha deàrrsadh gu h-òir-dheirc à speur gorm gun smal, gun bhruaillean, ach b' fhada an suidheachadh sin bho iomadh cridhe san Ros Mhuileach air a' cheart latha ud. Agus ò, b' iomadh a h-aon a bheireadh sùil fharmadach air an uiseig gu h-àrd air sgèith, 's i a' dòrtadh a-nuas a ciùil bhinn gu talamh. Aig tobar 's aig buaile bha na mnathan a' toirt cofhurtachd do chèile. Am muileann 's an ceàrd-thaigh choinnicheadh na fir, 's b' e an aon cheann-sheanchais a chluinnteadh 's gach àite. Ach ri ùine, bhàsaich sin is thuinich gnothaichean na dùthcha gun àitean àbhaisteach. Bha rud an tràth-s' 's a-rithis a' togail cinn 's a' togail aire. Bhiodh sgeul an tràth-s' 's a-rithis a' tighinn mun chogadh mhòr a bh' air dùsgadh, 's a' dol sna gaid, is bha gach nì a' dol air aghaidh gu rèidh socrach mar nach do thachair dad a-riamh.

An Armailt Bhreatannach

Thachair na nithean seo san Ros ri linn Bhonaparte. Cha robh ceàrn den rìoghachd uile nach robh a smùdan fhèin às, 's cha robh Muile, no idir an Ros, air leth air àitean eile. Bha mòran sluaigh feadh na dùthcha air an àm shònraichte seo. Bha còrr agus ceithir mìle pearsa an sgìreachd Chill Fhinichin, 's cha robh e ro dhuilich da-rìreadh buidheann shaighdearan a thogail ann, cho gasta, 's cho calma, 's cho eireachdail, 's a chuir a-riamh claidheamh air leis no còta dearg air dhruim. Agus thachair sin.

Bha Bonaparte air teicheadh às a' phrìosan agus air faotainn aon uair eile air ceann armailt mhòir na Frainge. Bha an Roinn-Eòrpa uile air a h-uilinn ach Breatann a-mhàin. Chaidh armailt mhòr a chur ra chèile agus, le Wellington air a ceann, chaidh iad a thoirt coinneamh do na Frangaich aon uair eile. Bha teanntachd mhòr san rìoghachd air fad, agus cha robh oisinn dhith nach do rinn a cuid fhèin a dhìon onair is treubhantas Bhreatainn.

Cha b' i Muile bu lugha a rinn an Albainn, 's cha b' i an Ros bu lugha a rinn am Muile. Cha robh croit no baile nach do chuir clach sa chàrn, an dà chuid an saighdearan 's an oifigich. Cha robh baile-fearainn anns nach fhaighteadh a dhà no trì dh'oifigich airm. Bha còirneilean sna Fidein 's an Cnoc Mhaolagain, agus caipteanan an Àird Fhìneig 's an Uisgean 's am Bun Easain. Bha an sgìreachd làn de shluagh àlainn neartmhor calma cruadalach uaibhreach mu chùisean cogaidh, 's fuil strìtheil an athraichean dam bu dual a bhith dàn sa chath, fhathast a' ruith blàth nan cuislean, 's an t-sradag a chùm dùthchas beò nam broilleach bhon do chrochadh an claidheamh mu dheireadh an dèidh bliadhna Theàrlaich, a ghnàth ga fhadadh le sgeòil taobh an teine anns an oidhche fhada gheamhraidh. Cha b' iongnadh iad a bhith deas gu dol nan airm nuair a shèid trompaid a' chogaidh gan gairm a dhìon na rìoghachd. Fhreagair iad òrdugh an rìgh gu dol nan èideadh, mar is tric a fhreagair an athraichean òrdugh Dhubhairt, agus b' iomadh claidheamh cruaidh fuilteach a thug glag a' dol na thruaill aig an àm shònraichte seo san Ros.

Ach chaidh ùine seachad 's thòisich litir an dèidh litir air tighinn o na fir a dh'fhalbh thar a' chuain. Bha naidheachdan a' briseadh an tràth-s' 's a-rithis a-mach mun chogadh, tè ùr an-diugh is tè ùr eile a-màireach. Nam biodh nì sònraichte sam bith ra innseadh, chluinnteadh bhon mhinistear e nuair a thigeadh an Journal uair san t-seachdain, no math dh'fhaoidteadh, nuair a gheibheadh e fios bhon cheann-armailt a-nìos à Lunnainn, 's a ghlaodhadh e san eaglais e. Ach b' e Iain Taibhsear fìor ghille-naidheachd na dùthcha. Cha robh clach den sgìreachd nach robh e a' siubhal uair san t-seachdain a' cruinneachadh uighean 's gan cur do Ghlaschu leis gach dara bàta a thogadh seòl ri crann, am Bun Easain no am Port Uisgein, no an Ì. Eadar Càrsaig is Peighinn a' Ghàidheil 's Cill Fhinichin, bha Iain a' faotainn eachdraidh a' chogaidh, 's nuair a thilleadh e an Ros, bhiodh e air a shèisteadh le ceistean. Cha b' e cor a' Phosta Ruaidh dad a b' fheàrr, nuair a thigeadh e uair san t-seachdain às an t-Sàilean le mhàileid litrichean, choinnicheadh muinntir na Saor-Pheighinn is Shiaba aig geata Aspaill e, agus an còrr den chuid iar den dùthaich am Bun Easain, 's b' e sin an cridhealas 's an fhealla-dhà a bhiodh am measg na h-òigridh a' feitheamh ris a' phosta gus a h-uile h-àm san oidhche, agus astar mòr aig pàirt dhiubh a dhol dhachaigh, mar a bha Màiri a' Chìobair fhèin.

"An t-each odhar 's e fo dhìollaid, 's coltas rìgh am marcachd air," theireadh Donnachadh Aotrom, nuair a thigeadh am Posta am fradharc thar Bruthach Thaoslainn.

"Mur an e an rìgh a th' ann, 's e ghille th' ann," theireadh am posta.

"Tha sinn an dòchas gu bheil tilleadh taitneach agad air an turas seo, ma-tà, is sinn cho fada feitheamh ort," arsa Donnachadh.

"Chan e tilleadh a' mhadaidh-ruaidh a th' agamsa uair air bith," theireadh am posta.

"Ciod e 'n tilleadh a tha 'n sin?"

"Tha tilleadh falamh," ars am posta, "Tha agamsa de litrichean a-nochd 's gur gann a tha de dh'airgead odhar san Ros na thogas iad."

"'S math do naidheachd, 'ille. Cumaibh cìrean nan cearc dearg, a mhnathan òga, is gheibh sibh airgead odhar gu leòir bho Iain Taibhsear airson nan uighean," arsa Donnachadh.

"Haoi orra, ho-rò! ha ha!" ghlaodhadh a' chuideachd gu lèir, le bualadh bhas. Dh'fhosgladh am post a mhàileid, is cha chluinnteadh 'gaoir a' chath' leis gach aon a' glaodhaich còmhla: "A bheil litir don mhinistear ann, is a bheil litir don aon seo 's don aon seo eile ann?" gus am fàgadh iad am posta bochd cho bodhar ris na gobhair san fhoghar, mun tubhairt iad e.

Fhuair Màiri a' chiad litir bho Iain, agus is iomadh uair a leugh i i na clòsaid ri solas a' chrùisgein, agus a dh'aithris i rithe fhèin na facail bhlàth mhilis bho pheann 's bho chridhe leannain a bha cho fada bho com ach cho dlùth na cridhe. Bha sreang do-fhaicinn a' dol thar bheann is chuan eadar Iain is Màiri agus a' giùlan an smuain gu chèile. B' e smuain a-mhàin e, ach b' e an litir do Mhàiri com is pearsa Iain fhèin.

"Cha leig sibh leas dol gu Eileig na Lùirich an dà latha seo. Innsibh dhuinn an do rinn i fiosachd fhìor dhuibh," theireadh Donnachadh Aotrom nuair a gheibheadh e grunnan de na h-ingheanan còmhla air blàr-mòine no air cliath-luadhaidh, is cha robh tè nach dèanadh lachan cridheil gàire. Ach cò an tè a dh'aidicheadh gun deach i a-riamh a dh'iarraidh fiosachd air Eileig – ged nach robh aon tè dhiubh a bha saor san nì?

"Pàighidh an cogadh seo do dh'Eileig gu math no tha mise air chùl mo naidheachd," theireadh Donnachadh. "Òbh, òbh! nach iomadh sainnseal ciatach a gheibh i: cnap de dh'ìm ùr, peic bhuntàta, feàrdan clòimhe, 's a' mhin-eòrna air ùr-thighinn bho dhà chloich mhòir a' mhuilinn, ha ha ha! 'S iomadh rud a chì am fear a bhios a-muigh anmoch."

Ghàireadh na h-ìnghnean a' maoidheadh an dòrn air Donnachadh 's gun tè dhiubh nach robh a' tuigsinn a cionta fhèin.

Bha Eileag na Lùirich, mar theireadh iad rithe, a chòmhnaidh am bad glè leth-oireach sa choimhearsnachd, a bothan beag dubh aig bun cnuic anns a' ghleannan chaol dhorcha tron robh abhainn Thìr Chonnail a' sruthladh 's a' slapraich am measg nan sonna-chlach air an t-slighe chama-lùbaich chuairteagaich gu ruig Loch Aspaill. Bha e na chleachdadh aig gòragan nighean a bhith a' dol a dh'iarraidh fiosachd oirre, is bhon a bha an gnothach a' pàigh-eadh do dh'Eileig, cha chaomhnadh i fiosachd orra. Bha suidheachadh an taighe, uaigneas an àite, agus coltas na caillich, le h-aodann buidhe preasach, falt caisreagach breac-liath gun chìreadh a Dhòmhnach, a Luan 's a Shatharna, 's a làmhan fada caola buidhe seargte, a' toirt buaidh ghisreagaich air na h-ìnghnean nuair a thigeadh iad air thuras chuice. Shuidheadh iad air clachan mun cuairt an taighe a dh'èisteachd ciod e a bh' aice ra ràdh. Dhèanadh Eileag con-shuidhe mu choinneamh an teine, bheireadh i lùireach dhubh ma ceann, is anns an t-sàmhchair a bhiodh a-staigh thòisicheadh i air roinn na luatha a-null 's a-nall le bioran beag dubh, 's a' monmhar seanachais rithe fhèin. Bhiodh na h-ìnghnean ag èisteachd an uabhas, agus osnaich na gaoithe a-muigh, cho math ri slapraich na h-aibhne agus gearan na caillich-oidhche, a' neartachadh na h-oilltealachd a bha mun cuairt. Dh'èireadh an sin a' chailleach is dh'innseadh i fortan do gach tè air leth, gus an toireadh na balaich a bhiodh a' far-chluais ràn asta air an taobh a-muigh. A' turamanaich, 's i na suidhe air cathair, theireadh i ri Màiri, "Chì mi Iain air uilinn, ach m-m-m, ciod e sam bith a thachras, m-m-m, bithidh e air do chluasaig fhathast."

"Nach neònach an rud a tha i ag ràdh daonnan riumsa mu Iain," arsa Màiri ri Mòir Bhàin air an rathad dhachaigh.

"An-dà, tha e cur iongnaidh orm, co-dhiù," arsa Mòr. "'S ann a shaoileas mi gur e th' ann: tha rudeigin aice fodha. Ach tud, tud, cò bheireadh feairt oirre, an t-seann bhradag phreasach pheasgach, chan fheàrr òinsichean tha dol far a bheil i."

"Gu dearbh, chan fheàrr," arsa Donnachadh Aotrom, 's e dìreach fo chùl a' ghàraidh, "'s math a fhuaireas agad e, Mhòir."

"U! Hi hi-i!" sgreuch na cailean, 's a-mach a ghabh iad mar gum biodh na coin riutha.

"Tha mi duilich nach do chòrd fiosachd Eileig ribh. Ciod e mar tha dol do Mhurchadh, a Mhòir? Ho ho ho! Tuigidh an cù fhèin a chionta," ghlaodh Donnachadh an ceann àrd a chinn, gus an do thilg mac-talla Bheinn Lighe an fhuaim tarsainn an gleann gu cnoc bàn na Saor-Pheighinn, ach thug na caileagan an casan leotha.

Cha do leig Màiri cainnt na caillich às a cluasan fad na h-oidhche:– ciod e sam bith a thachras, bithidh e air do chluasaig fhathast. "Ach nach gòrach mi toirt gèill da leithid de dh'fhaoineas," theireadh i rithe fhèin. Ach bha daonnan an rud a' tighinn an uachdar gus an do thuit i seachad na cadal, a dhol thairis air a' cheart nì an riochd na suain. Cha robh teagamh aice an Iain, 's cha robh uair a leughadh i a litrichean nach neartaicheadh 's nach ath-bheothaicheadh a h-earbsa ann.

Fearas-cuideachd am Brussels

Bha an t-arm Breatannach air campachadh am Brussels, agus buidheann an dèidh buidhne a' taomadh a-steach seachdain an dèidh seachdain, is bha mòran de ghillean an Rois nach faca a chèile an dèidh dol thar Chaol Muile. Bha aig gach fear den arm cheangailte, gu sònraichte, dol gu rèisimeid fhèin, is chaidh mòran ùine seachad mun do thachair pàirt dhiubh ra chèile sa champ san dùthaich chèin.

'S ann an sin a bhiodh an fhearas-chuideachd nuair a thachradh companaich 's càirdean 's luchd-dùthcha air a chèile, fad on daoine 's on cuideachd 's on dùthaich. Fear a' gabhail naidheachd o fhear, 's am fear mu dheireadh a fhuair litir a' toirt seachad na naidheachd a b' ùire, 's a' chuid bu mhò ga dhèanamh den naidheachd bu lugha nam b' i b' ùire. 'S i seo a' fàgail àraidh an eilthirich: tha chridhe fhathast na dhùthaich mòran ùine an dèidh dha a fàgail, 's an nì nach toireadh e an aire dha ach mar osag na gaoithe samhraidh a' siubhal am measg nan craobh is thairis air an raon, nuair bha e am measg an t-sluaigh leis an d' fhuair e àrach òg, tha e leis mar naidheachd annasach, agus sin ag ùrachadh a' chàirdeis a th' aige ris an t-seann tìr agus a' teannachadh a' cho-cheangail nàdarra tha fhathast eatarra, ged is fada bho chèile iad.

B' iad na taighean-òil na h-aon àitean cèilidh. 'S iomadh deoch-slàinte mhath Ghàidhealach a chaidh òl annta, agus òran math Gàidhlig a chaidh a sheinn annta, fhad 's a bha an camp ri chèile. Chruinnicheadh iad còmhla san oidhche: Gàidheil mheanmnach sgairteil ghasta às gach ceàrn agus eilean sa Ghàidhealtachd. 'S iomadh facal a rachadh a sgoltadh bhon a lìonadh a' chiad ghloine gus an tràghadh am fear mu dheireadh, agus 's iomadh gloine bhiodh eatarra.

"Saoghal sona, sàmhach dhut, do chridhe seirmeach slàn, do thaigh gun bhoinne snighe, 's do chiste-mhine làn," ghlaodhadh fear, 's a ghloine an togail fad a ghàirdean os cionn a chinn.

"Slàinte mhòr agadsa, slàinte bho bhalla gu balla, 's air ar barrachd eòlais, an latha chì 's nach fhaic dhuibh, seo oirbh, fheara! Suas i! Ho-rè-è-è!" Ghlaodhadh na bha a-staigh gus an toireadh an àrach fuaim bho oisinn gu oisinn.

Bhiodh òran an sin aig fear mu seach. Chluinnteadh seirm shunndach "Och ho-rò, 'ille dhuinn," fad air astar, agus gillean gasta a' togail an fhuinn.

"Guma buan dhut, 'ille, 's loinneil a chaidh thu ris," arsa fear an sin ris an fhear a ghabh an t-òran, "cha chreid mi gus an cluinn mi atharrachadh, nach eil thu fhèin cho Muileach ris an òran. A bheil mi ceart?"

"Ceart gu leòir, a charaid, is Muileach mi bho mhullach mo chinn gu bonn mo choise, 's tha sè troighean eadar an dà chuid sin dhìom."

"Ann an siud i, charaid, agus tuilleadh eòlais ort, is Muileach mi fhìn, cuideachd," ars a' chiad fhear a labhair, is thug na gillean crathadh cridheil sunndach air làmhan a chèile.

"Cò 'd às a thà thu?" ars esan a-rithis.

"À Loch Buidhe nam mèirleach," ars an dara fear, is bhuail na bha a-staigh am basan air a chèile.

"Cò 'd às a-nis a tha thu fhèin, bhon is Muilich le chèile sinn?"

"À Creitheach Dhubh nan cailleach," fhreagair an Rosach, oir b' e sin a bh' ann.

"Ha ha ha-a-a!" Ghàir na bha a-staigh. "An cualas riamh dà fhreagairt as fheàrr, fear à Loch Buidhe nam mèirleach is fear eile à Creitheach Dhubh nan cailleach? Ha ha ha-a-a!"

"Nach fhad on a chuala sinn 'Na Fidein 's Àrd-Tunna 's Creitheach Dhubh nan cailleach, trì àitean as miosa 'm Muile dhol a dh'iarraidh mhnathan," arsa fear den chuideachd, "'s chan eil beachd dhomh gu deimhinn gun cuala mi aon nduine riamh roimhe aig a bheil a fhreagairt cho deas ris an Rosach, agus seo air na 'Muilich bho dhubhar beann', slàinte mhòr fhada."

Thaomadh thairis fichead gloine, 's na dhèidh, thug fichead gloine falamh gliong air bòrd cruaidh daraich.

"Ler cead, a charaid," ars an Rosach, "tha mi meallta 'm bharail no 's Sgitheanach thusa."

"Seadh, Sgitheanach gu chùl," fhreagair e.

"Dh'aithnich mi sin air dho chainnt, their thusa *nduine* ri *duine*, 's an uair a their sinne *gu cinnteach*, their thusa *gu deimhinn*. Nach eil mi ceart?"

"Tha, gu deimhinn."

"Ha ha ha-a-a! Cluinnibh siud a-rithis," ars a h-uile fear a-riamh.

Ghàir an Sgitheanach cho math ri càch, agus a' leantainn, ars esan: "Is Sgitheanach mi da-rìreadh, agus fhuair mi m' àrach fo sgàile Stùic MhicLeòid, far an d' aithris mac-talla nan creag ceòl binn milis thrì gineal de Chloinn MhicCriomain, agus, och, och, b' e sin am bòrd fuaim a thogadh gu glan gach meur anns na puirt lùbach loinneil bho phìb-mhòir Phàdraig, 's a thilgeadh gu glan thar Bhoraraig iad gus am bàsaicheadh iad san astar anns na cnuic a b' fhaide air falbh. Seo seo, air Stùic Mhic Leòid 's air tìr ar gaoil air fad, na tha sinn ann. Slàinte! Suas an t-slige, 's sìos an caochan! Slàinte!" Is dh'òl na fir air a chèile le aoibh 's le subhachas ro mhòr.

"Dìreach facal no dhà is deoch an dorais," arsa fear, 's e ag èirigh na sheasamh, "Tha mi gu *meth* toilichte thuigsinn gu bheil fear no dhà an seo à Muile, bhon is Earra-Ghàidhleach mi fhèin cuideachd, 's bhon a thàinig an latha thug oirnne dol *a-mech* a dhìon ar dùthcha, thar leam gu bheil e na ... na nì car taitneach gun d' fhuair sinn, co-dhiù, cothrom air eòlas a chur air a chèile ann an tìr chèin. Tha luaidhte nach *techramaid* air a chèile gu *brèth* nar dùthaich fhèin, agus dèanamaid, ma-tà, suas càirdeas a sheasas a' chòir dhuinn, ma tha 'n dàn dhuinn tilleadh gu *brèth* d' ar glinn bhòidheach fhèin, agus seo air a' chàirdeas ùr. Suas i rithist, suas i!"

"'S ann à Ìle tha thusa," ars an Rosach.

"'S ann," ars an t-Ìleach.

"Cò chuid dhith?"

"Eòrabus."

"Mur h-e Eòrabus, 's e 'bus' air choreigin eile," ars an Rosach. "Nach fhad on a chuala sinn, 'ceithir busa fichead an Ìle, is ceithir àirde fichead am Muile, 'Muileach is Ìleach is Sgitheanach. Chan eil fhios a'm idir nach i 'n Àird Bheag a th' againn an seo"– ris an Ìleach – "no math dh'fhaoidteadh, Talasgar" – ris an Sgitheanach – "no rud nach miosa dad: stuth nam briuthas beag à Muile air a bhaisteadh le h-uisge fìorghlan o chìochan nan stùc far an nead-aich an tarmachan 's an seas gu spailpeil àl an fhèidh. Ho-rè-è-è! Suas a-rithist i! Ar dùthaich 's ar càirdean. Ho-rè-è-è!"

Dh'òl na gillean an deoch-slàinte gu h-iollagach aighearach, is dhealaich iad le toil-inntinn, 's an dòchas gum biodh aon oidhche chridheil eile fhathast aca mun cuireadh peileirean glasa nam Frangach sgaradh goirt eatarra.

Chaidh an dà Mhuileach an cainnt chàirdeil ra chèile an dèidh dol a-mach.

"An-dà," arsa am fear à Loch Buidhe, "tha mi glè thoilichte gun do thachair fear-dùthcha orm."

"Tachraidh daoine ged nach tachair na cnuic," ars an Rosach.

"An-dà, thug thu dìreach am facal às mo bheul," ars am fear eile, "'s bha mi dìreach a' dol a ràdh gun do thachair uair roimhe Rosach eile orm san Spàinnte an dòigh a cheart cho iongantach, is b' e sin a' cheart fhacal a thubhairt e fhèin: tha fhios gur h-aithne dhut an duine, Iain MacGilleEathain à Bun Easain."

"Thud, thud! Nach eil fhios gur h-aithne, cho math 's is aithne dhomh mo chas," ars an Rosach. "Às an t-Saor-Pheighinn a tha e, ach 's e Bun Easain a their sinn air fad, bhon is e as fheàrr a thuigeas coimhich. 'S an aithne dhut Iain Bàn na Saor-Pheighinn?"

"'S math sin, agus glè mhath, e fhèin agus a bhean. Agus ò, nach iomadh oidhche shunndach a chuir mi seachad nan taigh. Ochòin, ochòin! 'S iomadh sin, 's b' e sin a' chàraid bhlàth-chridheach chàirdeil."

Cha do mhothaich am fear a bha a' labhairt mar a dh'atharraich gnùis an Rosaich le iongnadh ris an t-seanchas, mar a thog e a mhalaidhean 's a dh'fhosgail e a shùilean 's a bheul.

"A bhean!" ars an Rosach, "A bhean! Feumaidh gu bheil thu dèanamh mearachd. Chan eil am fear tha mise 'g ràdh pòiste idir, chionn 's aithne dhomh fhìn a leannan a tha a' dol a phòsadh cho luath 's a gheibh e mu rèir às an arm."

"Chan aithne dhòmhsa an còrr den ainm," ars am fear à Loch Buidhe, "ach tha fhios a'm gu bheil am fear as aithne dhòmhsa pòiste, co-dhiù, agus gun do bhaist e cuideachd."

Sheas an Rosach 's fiar na shùilean, 's e na thost, 's a' smaoin-tinn, 's an sin a' cur carain bhig na cheann, ars esan: "Feumaidh gu bheil rudeigin neònach ann, cuideachd, 's iomadh latha suirghe iad, 's bha iongantas air a h-uile duine nach robh e ga pòsadh uair no uaireigin de na bha e aig an taigh. Feumaidh gu bheil rudeigin ann," 's e a' daingneachadh nam facal fear an dèidh fir le nodadh sgaiteach da cheann.

Dh'fhàg iad oidhche mhath aig a chèile is thug gach fear a gharaidh fhèin air.

'S iomadh smaointinn a ruith an ceann an Rosaich mun do chaidil e, agus bha a' chuid bu mhotha dhiubh air fallsachd Iain Bhàin na Saor-Pheighinn, agus mar a mheall e a dheagh bhanacharaid, Màiri laghach a' chìobair, nighean peathar a mhàthar. Ach bha fiughair ri rèisimeid Iain sa champ a h-uile latha, ach a' ghaoth a bhith fàbharach, is bha e an geall faotainn am bun na cùise, ma b' e Niall Mhàrtainn a b' ainm dha.

A' Feitheamh Naidheachd mun Chogadh

"A bheil guth air a' chogadh?" B' i siud an aona cheist aig an taigh. Cha robh neach a thigeadh bho cheann shuas na dùthcha nach biodh air a chuartachadh le ceistearan. B' e Iain Taibhsear aon ghille-naidheachd na dùthcha. Bha e daonnan air shiubhal bho cheann gu ceann den sgìreachd, 's cha robh uair a thigeadh e gu baile nach biodh rudeigin ùr aige mun chogadh. Bha Fear Chàrsaig daonnan a' faotainn nam pàipearan agus mòran litrichean bho chuid de chuideachd a bha nan oifigich ri aghaidh bualaidh, is cha robh uair a bhiodh Iain an rathad nach cluinneadh e a h-uile dad a b' ùire, 's an uair a thilleadh e dhachaigh bhiodh a cheann cho làn naidheachd 's a bhiodh a bhasgaid de dh'uighean. Cha b' e idir a h-uile duine liùbhradh sgeul cho math loinneil ris, is càite sam bith am biodh e air chèilidh, bhiodh an taigh làn gus an doras. Thàinig an Journal gu Maighstir Dùghall, is bha iomradh gun robh na Frangaich air an rathad gus a' champ Bhreatannach, is cha robh duine nach robh air a chorra-biod a chluinntinn an deach blàr a thoirt. Bha mòran a bha an cuideachd air falbh, air an robh eagal an naidheachd a chluinntinn, gun fhios ciod e a bhiodh na cois, ach, air an làimh eile, bha iad ro-thoileach fuasgladh fhaotainn bhon champar inntinn san robh iad, air dòigh air choreigin – thigeadh i an taobh a shanntaicheadh i.

Bha taigh a' chìobair aon oidhche làn mar a b' àbhaist, nuair a nochd Iain Taibhsear a-staigh. B' e siud daonnan a cheann-uidhe nuair a thilleadh e far a thurais agus naidheachd ùr aige, agus aig an àm seo b' e daonnan a bheatha.

"Fàilte ort fhèin, Iain, cò 'd às a thug thu a' choiseachd an-diugh?" arsa Donnachadh Aotrom.

"An-dà, thug à ceann ìochdrach na dùthcha, cho fad 's a leig-eadh Caol Idhe leam," ars Iain.

"À Creitheach?" arsa bean a' chìobair, 's i a' leigeil nan càrd air a chèile. "An robh thu a chomhair duine bhuineas dhòmhsa?"

"An-dà, bha," ars Iain 's e a' sealltainn am mullach an taighe. "Seadh, fhuair iad litir bho Niall.

"Niall Mhàrtainn?" arsa bean a' chìobair.

"Seadh, ach cha robh mòran innte."

"'S math beagan fhèin," arsa Donnachadh Aotrom. "Cluinneam do sgeul."

"An-dà, ged a chluinnear, chan eil innte ach sgeul gun dreach, tha fhios a'm," ars Iain, 's e a' toirt sùil fhiar air Màiri, 's i na suidhe aig a' chuibhill a' snìomh lìn.

"Tha siud chugadsa, Mhàiri," arsa Donnachadh, is ghàir na bha a-staigh.

"Chan eil fhios ciod e tha ri tighinn."

Sguir crònan na cuibhle nuair a rug Màiri air an roth, is dh'èist i le fiamh-ghàire ciod e a bh' aig Iain ra ràdh.

Bhlaiseagail Iain a bheul uair no dhà mun do labhair e, 's e mar gum biodh leisg air tighinn a-mach leis an uirsgeul.

"An-dà," ars esan, "'s ann a bha Niall ag ràdh san litir a chuir e, gu bheil Iain Bàn na Saor-Pheighinn pòiste an Sasann, agus aon duine-cloinn' aige."

"Ùbh, ùbh, tubaist ort!" ars am maighstir-sgoile, "cha mhath an t-àite 'n do liubhair thu do naidheachd," 's e a' dèanamh triutain ghàire, 's a' sealltainn air a' chuideachd thairis air a' phàipear a bha e a' leughadh.

Bha an còrr cho balbh 's ged a thigeadh boinne fala nam beul. Bha an uirsgeul seo am measg na coimhearsnachd fada roimhe siud, ged nach do ràinig e cluasan muinntir a' chìobair gus an do leig Iain gu tubaisteach a-mach i.

Dh'fheuch e ri gabhail aige fhèin sa mhionaid le ràdh nach robh neach sam bith ach a' dèanamh fealla-dhà de thuairisgeul Nèill Mhàrtainn. Ach chan ann mar sin a ghabhas leannan uair air bith sgeul den t-seòrsa seo. Rinn an urchair chearbach làrach an cridhe Màiri, ged nach robh a h-aon san dùthaich a bu lugha a thug creideas don fhuaim a rinn an làmhach, ged a b' e a deagh charaid fhèin a loisg i. Lean i air càrdadh 's thugadh seanchas eile a-staigh, ach ged a bha Màiri cho sunndach bruidhneach 's a bha i roimhe, chiteadh na gnùis 's an ruiteachd a gruaidhean gun do sgath an rud oirre.

Nuair a dh'fhalbh an luchd-cèilidh, dheasbad i fhèin 's a h-athair 's a màthair a' chùis.

"Chan eil mi creidsinn guth dheth," ars a màthair, "ach aig an àm cheudna, ciod e fios nach fhaodadh rudeigin bhith ann?"

"Fanadh sinn ra dheireadh, co-dhiù," arsa Màiri le gog aighearach da ceann, 's le guth aotrom iollagach a chuir sgàil-bhrat air a faireachdainnean – ach sgàil-bhrat trìd-shoillseach thairis air a fìor fhaireachdainn, ged a bha earbsa gun chrìch aice an Iain.

"Tha sin ceart gu leòir," deir a màthair, "ach cò dh'fhaodas mòran earbsa chur anns an eun fhalbhaideach?"

"'S tric a neadaicheas e aig an taigh air a shon sin," arsa Màiri gu cridheil.

"B' àill leam, air a shon sin, 's air fad, an t-eun a chaidleadh san aon chuachan, a gheamhradh 's a shamhradh," ars a màthair.

Cha tubhairt Màiri an còrr. Bu mhath a thuig i cò ud air an robh a màthair a' tighinn. Bha Fear nan Tòrr an geall air Màiri iomadh latha. Bha a chuid fearainn farsaing, 's a chuid sprèidh lìonmhor, ach ged a bha, cha toireadh Màiri a gaol do shean-fhear, ged is iomadh oidhirp a thug a màthair airson a tàladh air, is cùl a chur ris an t-saighdear aig nach robh nì air muir no air monadh.

Chaidh an taigh mu thàmh. Chaidh Màiri don chlòsaid, ach cha b' ann a chadal. Thug i a-mach às a' phasg litrichean Iain, feuch an dèanadh i a-mach an robh coltas aon nì air cùl an t-seanchais, ach cha robh. Bha cainnt Iain dìleas gu leòir, is cho-dhùin i nach robh anns an naidheachd ach seanchas gun seadh, gun bhonn. Shìn i i fhèin air uachdar na leapa, agus, smaointich i thairis is thairis air an rud, ach da h-aindeoin, nuair a sguireadh i a smaointinn, thigeadh e an uachdar a-rithis gus an toireadh a' chuileag fhaoin a bha ag imeachd mun cuairt lasair a' chrùisgein air falbh a h-aire am feadh a bhiodh an cearcall a bha a' chuileag a' dèanamh a' fàs na bu lugha 's na bu lugha, gus mu dheireadh an toireadh e dearrasan san lasair san robh i air a slugadh suas.

"Chan eil fhios a'm, an dèidh na h-uile rud, nach eil mi cho faoin ris a' chuileig fhèin, ach seasaidh mi ri m' fhacal gus am faic mi a' chuid mu dheireadh dheth" theireadh i rithe fhèin.

"'Bithidh Iain air do chluasaig fhathast,' mun tubhairt Eileag e, ach cò an t-Iain? Is minig a bha iongnadh orm da cainnt, 's chan eil fhios a'm nach eil mi ga tuigsinn nas fheàrr a-nis, ach fanaidh mi ra dheireadh, 's cha chreid mi guth den tuairisgeul."

B' e sin a rinn i, 's an uair a chaidh an crodh air àirigh 's a chaidh na caileagan còmhla gan aire 's gam bleoghann, 's a dhèanamh an ime 's a' chàise, chaidh an ùine seachad gu sunndach cridheil, le ceòl 's le òrain, le dannsadh 's le mire-chath, oir cha bhiodh oidhche nach biodh na gillean òga

a' tighinn air chèilidh thar mìltean de mhonadh, is bheireadh cnuic chreagach fhraochach Bheinn an Aonaidh fuaim san anmoch le ceòl na pìoba, sèis nan òran is gàire greadhnachais na h-òigridh, gus an cluinnteadh gog a' choilich sa choill is ceilear binn na h-uiseig far nach fhaicteadh i air sgèith am measg neul glas na maidne.

Bhàsaich an tum-tam mu phòsadh Iain, is bha cridhe Màiri dha mar a bha e an latha a dhealaich iad, is bha sùil aice nach biodh an ùine fada gus an coinnicheadh iad a-rithis, agus gur h-ann a bhiodh an co-cheangal a bha eatarra na bu làidriche na bha e a-riamh nan sùilean fhèin 's an sùilean chàich. Mar an ceudna, 's ann a bhiodh ra fhaicinn nach do chuir tuaileas sam bith ball-dubh air an gaol da chèile no mionaid de sgaradh eatarra, ged a bha cuantan is rìoghachdan eatarra.

Taibhsearachd

Ach, mar a dh'innseas bruaillean nan speur sa mhadainn bhòidhich shamhraidh a' bhuirbe a tha ri teachd, b' ann mar sin a thàinig, mu dheireadh, ciad sgeul nam buillean gailbheach a chaidh a thoirt eadar na Frangaich 's na Breatannaich. Cha mhòr a thug feart air Iain Taibhsear aig an àm, ach b' iomadh h-aon a chuir a bhuadhan an sgeig an dèis làimhe.

Bha a' chèilidh cruinn mar bu dual daonnan an taigh a' chìobair. Bha Iain air a' chuideachd, is bruidhinn thograch thall 's a-bhos. An trian na braise leig Iain a cheann a-null thar cùl na cathrach, shìn e a làmhan 's a chasan, is sheas a dhà shùil geal na cheann. Shaoil a' chuideachd gum b' e laigse a thàinig air, is shìn iad air uisge a chur air aodann. An ceann greis, nuair a bha e mar gun tigeadh e chuige fhèin, thòisich e air seanchas a chuir uabhas air na bha an làthair.

"Ochòin, ochòin!" ars esan, "nach b' e 'n sealladh e! Chì mi luchd nan còtaichean dearga nan sìneadh air an raon mar dhuilleach nan craobh air madainn ghaothail fhoghair. Tha na gunnachan mòra air gach taobh a' dìobhairt a-mach air gach àrdan, 's an t-sligeanach phrais mar ghaithean bàis bho neòil nan speur a' sgàineadh am measg mhìltean fear. Tha mìltean musg a' spùtadh teine, 's peileirean glasa a' dèanamh an ceann-uidhe an uchd nan àrmann. Tha dealan nan speur gruamach a' drìlseadh air lannan geala. Chì mi gillean an fhèilidh a' togail a-mach ri uchdan nàmh 's gan cuibhleadh air ais mar thonnan na fairge air an sgiùrsadh le doininn nan sian ri aodann cladaich ghairbh. Ach, ò, tha iad air briseadh tro ghàrradh nam biodag guineach. Tha mi air an call am measg nan nàmh. Òbh, òbh! Hm-m-m! Chì mi a' briseadh a-mach air an taobh eile iad. Tha 'n ruaig air an nàmh 's a' bhuaidh aig cuideachd mo ghaoil. Ach, ochòin, ochòin, nach – nach iomadh ursann chiatach a bha treun an toiseach a' chath a tha 'nochd 's a dhruim ri talaimh, 's an luachair ghorm a' cromadh os a chionn le tùrsa, is deatach an fhùdair mar sgàil dhubh a' bhàis a' snàmh gu fann thar na faiche, far an do bhàsaich mìltean sonn 's an cluinnteadh gearan trom nan sàr len creuchdan – ò, hm-m-m –"

Thog Iain a cheann is sheall e mun cuairt mar gum biodh e an dèidh dùsgadh à breislich. Sguir an snìomh 's an càrdadh is bha na bha a-staigh ag èisteachd lem beòil 's len sùilean.

"Ach ciod e fo shluagh an t-saoghail mhòir air fad a th' air tighinn ort, Iain?" arsa Donnachadh Aotrom mu dheireadh. "'S ann a shaoil sinne gur ann a bha thu 'n dèidh do mhothachadh a chall, no gun tug thu greis ann am briuthas mun tàinig thu staigh!"

Dh'fhan Iain na thost; thug e sùil no dhà mun cuairt is dh'èirich e a-mach.

"Chan eil teagamh nach e tathasg a chunnaic e," ars am maighstir-sgoile. "Chuala mi iomadh uair gur e siud suidheachadh sam bi iad nuair tha sealladh a' tighinn mun coinneamh – ma tha leithid de nì ann agus taibhsearachd – an sùilean a' seasamh nan cinn, is iad mar gum biodh iad gun umhail càit am bi iad no cò tha gam faicinn no gan cluinntinn."

"Thalla, thalla," arsa bean an taighe, "'s ann a ghabh mi fhìn eagal nuair a chuala mi 'n duine bochd."

"Ghabh mi fhìn, ghabh mi fhìn," ars a h-uile h-aon riamh.

"Ach, co-dhiù, gabhaidh sinn beachd," arsa Donnachadh Aotrom. "Math dh'fhaoidteadh ged nach tàinig rèisimeid Chill Fhinichin air a bonn, gun tig seo air a' chois ceart gu leòir. Fanamaid ra dheireadh."

"Ho, ho!" ars a h-uile h-aon a-riamh, "gun chiatamh ort, a Dhonnachaidh."

Mu thuaiream ceithir latha deug an dèidh seo, bha grunnan fhear nan seasamh aig cistean dubh Thaigh a' Chladaich a' deasbad 's ag iomairt air cùisean coitcheann thall 's a-bhos, nuair cò thàinig am measg na cuideachd ach Donnachadh Aotrom.

"Cò 'd às thug thu choiseachd, a Dhonnachaidh," arsa fear.

"An-dà, thug às a h-uile àit' an robh mi," arsa Donnachadh, "agus 's iomadh sin."

Shuidh Donnachadh air cloich a lasadh na pìoba, is nuair a thàinig ceò aiste, ars esan: "Tha gamhainn an siud agam" – *mog* – "bochd le tart, agus" – *mog, mog*, 's a' brodadh na pìoba – "'s thuirt Niall Donn gum b' e 'n aon leigheas air" – *mog, mog, mog* – "purgaid shiùcair" – *mog, aitsiu* – "agus thàinig mi Bhun Easain, ach cha robh siud ra fhaotainn. Thug mi 'n sin orm Uisgean" – mog, mog – "ach chuir Uisgean gu Àird Dealanais mi, 's ma chuir, chuir esan do Thìr Fearagain mi, agus" – mog, mog, mog – "shoirbhich mi cuideachd. Fhuair mi punnd siùcair aig bean Bhaldi, a bh' aice an crochadh ri spàrr on Nollaig 's a chaidh. Sin agaibh mar dh'èirich dhòmhsa."

"An-dà, 's neònach an t-astar an deach thu dh'iarraidh siùcair," arsa fear.

"Cha robh e cho neònach ri bhith ga iarraidh am Bun Easain," arsa Donnachadh.

"Carson?"

"Tha, a chionn 's nach eil e ann," arsa Donnachadh.

"Fàireagan, fàireagan! Ha ha ha," ars a h-uile fear a-riamh, 's iad ga chlapail lem basan air a dhruim.

"Agus tha naidheachd agam dhuibh, cuideachd, co-dhiù tha 'n fhìrinn innte 's nach eil," arsa Donnachadh.

"Fhuair bean Chnoc Mhaolagain litir agus pàipear à Sasann ag innseadh gun deach blàr mòr a thoirt mu dheireadh agus gun deach na Frangaich a sgapadh 's a ruagadh mar mholl on ghuit, latha gaothail. Tha e air innseadh gur i soitheach a thàinig a-staigh do Lunnainn a thug a-nall an naidheachd."

Dh'èist na fir lem beòil 's len sùilean 's len cluasan – feadhainn ag ràdh gum faodadh an sgeul a bhith fìor gu lèir, feadhainn eile:

"nam bitheadh, gum faigheadh am ministear fios mar a b' àbhaist," feadhainn a thug fa-near gum b' e ministear na sgìre a thug seachad às a' chrannaig fios mu bhlàr Chorùna, 's gum bitheadh a' cheart nì a-rithis ann nam biodh reusan air.

"Ach air a shon sin" dh'abradh fear, "tha mi fhìn ga chreidsinn ceart gu leòir, thigeadh an naidheachd mar a thogair i."

"Aisling caillich mar a dùrachd," arsa fear eile.

"'S e i dh'fhaotainn litir sgrìobhte bharrachd air a' phàipear is mò tha toirt de dh'aomadh orm fhìn," thuirt an ath-fhear.

"Feumaidh gun robh bonn làidir aig an aon a sgrìobh gu bean a' bhaile, agus creidibh nach i sgeul mu thuaiream a chaidh a chur gun mhnaoi uasail, 's an duine aice fhèin air falbh cuideachd. Tha mise ga chreidsinn gu gasta, ach, co-dhiù, fanaidh sinn ra dheireadh."

Sgaoil an naidheachd feadh na dùthcha mar gum biodh am fùdar bu bhraise. Cha robh taigh-cèilidh nach b' i an aon chuspair. Anns a' mhuileann bha i a' dol don treabhailt còmhla ris a' ghràinne, is anns a' cheàrdaich bha i o bheul gu bheul mar na sradagan o innean a' ghobha. Nuair a thàinig latha a' phosta – 's b' fhada a bha e gu tighinn – cha robh lùb a bh' air an rathad mhòr nach robh còmhlan sluaigh, feuch an cluinnteadh naidheachd ùr aig a' phosta. Ach nochd e ris mu dheireadh is ceum aotrom caithreamach aig an each odhar. Nuair chunnaic e an sluagh chrath e a bhoineid mhòr os cionn a chinn is thog an sluagh iolach àrd a dh'aithris na cnuic mun cuairt seachd uairean às dèidh a chèile.

As dèidh a' phosta bha Iain Taibhsear le chliabh uighean. Bha a bhoineid na làimh, ceum cabhagach aige 's boinne-taig air clàr aodainn, a' feuchainn cumail ris a' phosta, no an liùbhradh e an naidheachd thaitneach a thàinig cho luath ris fhèin.

B' e sin an ùb-àb nuair a dhaingnicheadh sgeul Dhonnachaidh. Bha pàipear naidheachd ann don mhinistear, is cha robh fear no bean nach do ràinig Taigh Aspaill gus an cluinnteadh air a leughadh e. Choinnich am ministear còir aig an doras iad. Leugh e a-mach an sgeul a thàinig mun chogadh.

Cha robh teagamh anns an nì a-nis, agus ged nach robh fios aig aon de na bha an làthair nach robh pàirt den chuideachd marbh air raointean cèin, cha d' fhuaraich siud an subhachas a thogadh nan inntinnean air do nàimhdean na rìoghachd a bhith air an sgapadh feadh an t-saoghail, armailt mhòr Bhreatainn am Baile-mòr na Frainge agus Bonaparte uaibhreach mar thràill an slabhraidhean meirgeach iarrainn. Thog iad èigh thogarrach iollagach. Fhreagair cnuic na Saor-Pheighinn an fhuaim aoibhneach is thilg iad air ais thar an loch i gus an tug i buille an taobh Beinn Lighe, far an do leum i bho thalla gu talla gus an do bhàsaich i le guth fann an Aonach mòr Àird Tunna.

"Thèid sibh a-nis dachaigh," deir am ministear, "agus an uair a gheibh mise cunntas on cheann-armailt an Lunnainn mu chor nan gillean gasta dh'fhalbh uainn, leigidh mi fios dar n-ionnsaigh."

Cèilidh Eile an Taigh a' Chìobair

Sgaoil an comann, thug buidheann aghaidh mu siud is buidheann eile mu seo, 's mun do laigh a' ghrian shamhraidh cùl Dhùn Idhe, 's a' Bheinn Mhòr Mhuileach a' sealltainn orra thar mullach creagach Bhuirg, bha gach taigh-cèilidh làn bho oisinn gu oisinn.

Bha a dhreaman àbhaisteach fhèin an taigh a' chìobair, is b' e an aon chuspair an sgeul ùr seo aig an robh, math dh'fhaoidteadh, saighead goirt na cùl do dh'iomadh h-aon san sgìre.

"Ach, saoil sibhse nis, a mhaighstir-sgoil, on is duin' ionnsaichte sibh, a bheil co-cheangal aige seo ris an t-sealladh a chunnaic Iain Taibhsear o chionn ath-ghoirid?" arsa Donnachadh Aotrom.

"Chan eil mi fhèin a' toirt mòran gèill do thaibhsearachd, co-dhiù," ars am foirfeach mun d' fhuair am maighstir-sgoil ùine air bruidhinn.

"Chan eil no mi, chan eil no mi," ars a h-aon an siud 's an seo.

"Feumaidh gu bheil rudeigin ann," arsa bean a' chìobair. "Bha taibhsearachd riamh ann, agus 's iomadh uair a chuala sinn daoine bhith faotainn faire-mhonaidh air nithean a bha gu teachd. Tha mi fhèin ga chreidsinn co-dhiù," 's i a' bualadh a dùirn dùinte air a glùin. "Ciod e tha sibh ag ràdh, a mhaighstir-sgoil?"

"An-dà," ars am maighstir-sgoile air a shocair fhèin, 's e a' suathadh a smig le làimh chlì, "'s e adhbhar smaointinn a th' ann gun teagamh. Seallaibh, tha cùig dorsan eòlais, cùig faireachd-ainnean aig an duine: an t-sùil, a' chluas, an t-sròn, an teanga 's an craiceann" − 's e gan cunntas air a chorragan. "A-nis," 's e ga dheasachadh fhèin air a chathair, "'s e nì tha 'n seo air an robh mi a' dlùth-chnuasachadh gu tric, 's tha mi corra uair a' dèanamh a-mach gum bheil an t-sèathamh faireachdainn ann trom faigh an duine faire-mhonaidh air nithean a tha tachairt mìltean de mhìltean air falbh. Chan eil, math dh'fhaoidteadh, an fhaireachdainn shònraichte seo cho comharraichte 's na h-uile neach, ged dh'fhaodas i bhith an neach sa bheil i comharraichte nach eil na faireachdainnean eile air fad, ann an tomhas, cho geur no cho geanachdach 's a tha i san duine gu coitcheann, ach chan eil an sin ach mo bheachd fhèin."

"Nach robh an dara sealladh aig Calum Cille?" arsa bean a' chìobair.

"Bha, is aig iomadh h-aon bhuaithe sin, 's an-diugh fhathast," ars am maighstir-sgoile. "Chan eil teagamh agam nach eil a leithid de nì ann ged, math dh'fhaoidteadh, nach gabh e sgrùdadh. Faod-aidh beagan dheth bhith annainn air fad ged nach eil sinn a' gabh-ail beachd air mar a ghabhas cuid eile a tha dèanamh barrachd dheth. Sin agaibh mo bheachd-sa air a' chùis, co-dhiù."

"Nach tric a thug sinn air fad an aire mar a dh'aithnicheas iasg na mara agus brùidean na machrach mun tig atharrachadh air an t-sìd'" ars an cìobair.

"Tha sin fìor," ars am maighstir-sgoile, "agus is tric a bhitheas mi fhìn a' smaointinn nuair a tha mòran ghunnachan, mòran nuallanaich an àite sam bith gum feum gu bheil iad a' dèanamh a cheart ùpraid is tro chèile an cuantaibh nan speur ris a' chloich a thilgeas tu air an loch, no san fhairge, 's gum bi tonnan de chuan an adhair a' sgaoileadh a-mach feadh an t-saoghail ged nach mothaich sinn dhaibh, is chan eil fhios a'm idir ciod e bhuaidh a dh'fhaodas a bhith aig a' cheart rud air an uiseig no air an smeòraich."

"Thèid mi 'n urras gun robh ùpraid ann, co-dhiù, 's bithidh fadal oirnn gus an cluinn sinn deireadh na cluiche, mo chreach lèir!" arsa bean a' chìobair.

Bha Màiri gu sàmhach tostach, agus an dòchas nach b' fhada gus an cluinneadh i sgeul ma leannan, a b' fheàrr na an tè mu dheireadh a chuala i, ged nach do chreid i facal dhith.

Ach an ùine gun a bhith fada thàinig am fios ris an robh fiughair agus ron robh eagal aig mòran. Chaidh gille a' mhinisteir le fios

feadh na dùthcha, agus chaidh pàipearan a chàradh ri dorsaibh na
h-eaglaise 's nan taighean-sgoile feadh na sgìre. Bha an nì ra
innseadh anns an eaglais am Bun Easain air an t-Sàbaid, agus b' i
sin an sgeul mun do chruinnich an sluagh. Cha robh loch air nach
fhaicteadh bàta, 's cha robh ceum-rathaid air nach fhaicteadh
coisichean is marcaichean, 's iad uile a' toirt an aghaidh air an aon
àite: Bun Easain — 's b' e sin am baile beag anns an robh an tional
mòr air a' mhadainn bhòidhich shamhraidh seo. Ghabh iad uile
an àitean san eaglais, cuid nan suidhe 's cuid nan seasamh. Thug
am ministear a-mach pàipear mòr gorm, 's le geilt air a chridhe
liubhair e na bh' ann. Thug sin cridhe goirt do mhòran agus
aotromachadh inntinn do mhòran eile nach robh an cuideachd am
measg na bha marbh no leòinte. B' ann dhiubh seo Màiri
a' Chìobair agus athair is màthair Iain Bhàin. Ach bha rud eile san
dàn, 's cha b' fhada gus an tàinig e.

"Tha e coltach," ars am ministear gun deach am blàr mòr
fuilteach seo a chur an àite ris an abrar Bhatarlù. Tha àireamh
mhòr dhaoine air chall, gun sgeul bheò no mharbh orra, agus tha
mi glè, dhuilich gu bheil air an àireamh seo Iain MacGilleEathain
— Iain Dhùghaill san t-Saor-Pheighinn."

Chaidh an saighead dhachaigh agus chrath an calbh an uchd
Màiri. Bha an leòn na bu ghoirte do bhrìgh gun do rinn i suas
a h-inntinn gun robh e beò slàn, nuair nach robh ainm am measg
na bha marbh no leòinte.

Bha i fhèin is màthair Iain a' toirt cofhurtachd da chèile.
"Bithidh dùil ri fear-feachd, ach cha bhi dùil ri fear-lic, is ciod e fios
nach till e dhachaigh beò slàn fhathast," theireadh iad ra chèile, is,
mar sin, chùm Màiri suas iomadh latha sùil bhlàth ri Iain a h-uile
bàta a phaisgeadh seòl am Port Uisgein no am Bun Easain, sùil gur
h-e bhiodh anns a h-uile coigreach a thigeadh a-nuas tron Ghleann
Mhòr. Ach Iain cha robh a' tighinn.

Thòisich na gillean air tilleadh às an arm, buidheann an dèidh
buidhne, ach cha robh sgeul air Iain bhon a chaidh a' chiad
làmhach a losgadh moch sa mhadainn, latha a' bhlàir.

Dh'innis Niall Mhàrtainn an sgeul mu phòsadh Iain, mar a chuala e i aig a' bhroganach, agus ged nach do chreid Màiri an uirsgeul à beul a caraid, cha b' ann mar siud a dh'èirich do mhòran eile nach do chreid aon fhacal roimhe dhith.

Chan abradh athair no a mhàthair fhèin, an dèidh a bhith an cainnt Nèill Mhàrtainn ach gum fanadh iad ra dheireadh. Bha iad an teagamh.

Tighinn Dhachaigh Banntrach Iain

Chaidh bliadhna seachad, is chaidh dà bhliadhna seachad, is cha robh ach triùir san Ros aig an robh cuimhne air Iain. B' iad sin athair 's a mhàthair agus Màiri. Shocraich an dùthaich sìos gun t-suidheachadh àbhaisteach, is b' iad aon aman comharraichte na bliadhna a' falbh is a' tighinn nam buanaichean.

Bha bean a' chìobair gun stad a' cur na lìn mun cuairt Màiri airson Fear nan Tòrr, ach nan tachradh do Mhàiri dol sàs am mogal, bheireadh i i fhèin às le gàire cridheil aighearach. Chuir a màthair, mu dheireadh, am ministear fhèin a thoirt comhairle oirre, is rinn e sin, ach Màiri cha d' èist. Air a' cheann mu dheireadh, 's e a thubhairt am ministear còir – agus 's mòr a chliù fhathast am measg an treud an do chuir e seachad a latha: "An-dà, rùin, bi thusa, ma-tà, mar Phenelope na Grèige, cuir cleòc air dhealbh do Laertes air choreigin, 's a theagamh mur bi e ullamh gun till dhachaigh slàn fallan, d' Odysseus fhèin bho Thròidh gharg fhuilteach na Frainge."

Thionndaidh am ministear air falbh, is dh'fhàg e aig Màiri tòimhseachan nach b' urrainn dhi fhuasgladh air a geurad.

Ach mo thruaighe, Màiri bhochd! Thàinig latha h-ùdlaidh. Phaisg bàta Eòghainn MhicDhùghaill a siùil am bàgh Phuirt Uisgein. Le caileig bhig air làimh aice, leum boireannach òg gu sgiobalta a-mach air a' chreig. Sheòladh an rathad dhi tron mhonadh gharbh gun t-Saor-Pheighinn. Ràinig i doras Dhùghaill MhicGilleEathain.

"Do bheatha don dùthaich, a chreutair, ce b' e cò thu," arsa bean an taighe.

"'S mi banntrach Iain ur mac, tha coltach," ars ise, "agus sin agaibh ur n-ogha."

Dh'fhàs Dùghall 's a bhean bodhar dall. Cha tàinig an rud gun fhios orra, mar a chuala sinn, ach chaidh, mu dheireadh, an teagamh a dh'aon taobh. Shil an deòir, an dà chuid le bròn is le

gàirdeachas, le bròn gun robh cnàmhan an aona mhic a' cnàmh an
ùir choimhich, far nach fhaiceadh iad am feur a' cinntinn 's a' searg
air a phloc; le gàirdeachas gun robh a nighean aca nan sean aois –
fuil agus feòil an deagh mhic. Phòg is chlap iad a' chaileag
's a màthair is chaidh gabhail riutha gu suilbhir càirdeil fo na cabair
fon d' fhuair fear an dara h-aoin agus athair an aoin eile, àrach òg.
Siud mar a smaointich iad, is cha bu bheag an t-iongnadh.

Cha chuireadh a' chrois-tharaidh fhèin an sgeul o bheul gu beul
na bu luaithe na dh'fhalbh i. Chaidh sgeul Nèill Mhàrtainn
ùrachadh is fhìrinneachadh. Chaidh saighead goirt an cridhe
Màiri a' Chìobair, is cha robh neach san dùthaich leis nach bu
duilich i – eadhan athair is màthair Iain, oir bha iad ro dhuilich
gun dèanadh an aona mhac a leithid de chluich air bana-
choimhearsnach sam bith, gun tighinn air Màiri laghaich a b' fhìor
thoigh leotha.

Bha Màiri fhèin fo leann-dubh. Thug am bròn an fhuil ghlan
bhòidheach às a h-aodann grinn banail meachair. Ach ghiùlain
i leis an eallach chudromach gu sàmhach suairce, is, mar a b' ann,
bu mhotha a dh'fhàs a cliù 's chan ann idir bu lugha.

Aon oidhche aig àm cadail, thug i a-mach litrichean Iain.
Leugh i aon uair eile iad, le cridhe trom briste brùite.

"A-nis," ars ise rithe fhèin, ged nach eil do chnàmhan, Iain, an
ùir an Rois, tìodhlacaidh mise, nochd, do làmh innte – do làmh-
sgrìobhaidh bho chridhe na ceilg."

Sheall i a-mach. Bha a' ghealach gheal an àird nan speur, is na
neòil a' snàmh gu socrach thairis orra. Bha an crann-arain a' dèan-
amh meadhan-oidhche dhith. Ach dheasaich i oirre, thog
i a breacan ma ceann, is bha i air an rathad shàmhach uaigneach
gu cladh Chill MhicEòghainn. Thar dhìgean, is shruthan, is
ghàrraidhean lean i oirre gun stad, gun fhois gus an do ràinig i an
cladh. Sheas i is sheall i mun cuairt. Bha i na h-aonar, is thàinig
seòrsa de fhiamh oirre. Bha a' ghaoth fhann anmoch a' siubhal am
measg nan clachan-cinn 's a' cluich ri stuadhan na seann eaglaise

a bha a' tilgeil a faileis thar nan uaighean anns an robh nan cadal buan, mòran a b' aithne do Mhàiri fhèin. Thug i ceum eile air a h-aghaidh ach sheas i a-rithis. Thug naosg sgreuch làimh rithe, is chriothnaich i. Ghlac i misneach is ghabh i roimpe gus an robh i am broinn na tobhta. Thug i a-mach às a broilleach am pasg litrichean agus dhinn i iad am fròig anns an stèidh-bhalla. Shuidh i air an fheur, agus, le a làmhan paisgte ma glùn, chaoin is thuir i gu goirt, 's i na h-aonar san àraich.

"Iain, Iain, Iain!" deir ise. "Mheall thu mi, mheall thu mi! Cha do thill uisgeachan Thìr Chonnail ri aghaidh a' bhearraidh san do chòmhlaich iad, ach thill do ghaol-sa air ais gu tobraichean tioram do chridhe. Le briathran do bheòil, a bha dhòmhsa cho milis, is le sgrìobhadh do làimhe a bha dhòmhsa cho caomh, mheall thu mi! Mheall thu mi, a ghaoil: 's e their mi rid chuimhne fhathast. Mo shoraidh gu bràth leis na làithean toilichte a dh'fhalbh. Soraidh, soraidh! Ochan, ochan, ochan ò!" Is shìn i i fhèin anns an fheur, is driùchd fuar na h-oidhche mar dheòir mulaid air gach duilleig ghuirm dheth.

Mhothaich i rudeigin a' buntainn dhi. Dh'èirich i na seasamh le cabhaig.

"Òbh, òbh! cò tha 'n seo?" deir i nuair chunnaic i an tathasg ud le aodann preasach lùirichean fliucha, is làmh chaol sheargte sìnte chuice. "Eileag, Eileag! An sibh a th' ann?"

"A Mhàiri, a Mhàiri, ciod e chuir an seo thu?" deir Eileag. "Chunnaic mi thu, 's lean mi thu, is dh'èist mi riut ."

"Tha mi cinnteach gun cuala sibh rud a chuir iongnadh oirbh."

"Chuala mi a' ghaoth, ach chan fhaca mi i," ars Eileag. "Na biodh mì-ghean ort no bròn, tha Iain Bàn air uilinn, ach dìleas dhutsa, agus tillidh e fhathast aig àm nach saoil thu. Seall, sin uisge nan seachd tonn is truime bhuaileas air Trasanna," is thog Eileag eadar i 's a' ghealach botal uisge.

Dh'èist Màiri is chrath i a ceann. Thug i aon sùil eile air an àite san do chuir i litrichean Iain, dheasaich i a breacan ma ceann, is dh'fhalbh a' chàraid còmhla.

Nuair a bha Màiri leatha fhèin, thill a smaointean air an ais gun chlais san robh iad. 'S iomadh latha thug i gu brònach deurach trom tùrsach. Bha blàths mòr aice ri caileig bhig Iain Bhàin an dèidh 's mar a thachair. Leighis tìm an lot a bha na cridhe. Thog a h-inntinn a-rithis, is bha Màiri a' Chìobair aon uair eile mar bha i nuair b' aithne dhuinn an toiseach i: na h-inghinn shunndaich laghaich chridheil, ged is tric a theireadh feadhainn a b' eòlaich oirre, gum biodh a gàire gu tric os cionn cridhe bhriste.

Fògradh Muinntir an Rois

Eadar na chuala sinn anns an iomradh a tha seachad agus an t-àm a tha ri bhith fo bheachd againn a-nis, tha bealach anns a bheil mòran bhliadhnachan, a thug mar ultach on uchd, gach tè dhiubh, mòran atharraichean don Ros Mhuileach. Chaidh an sluagh fhògradh air falbh bho na bruthaichean bòidheach air an d' fhuair iad fhèin 's an athraichean an àrach òg. Fhuair cuid bheag dhiubh crioman de fhearann creagach ri taobh a' chladaich mun cuairt an Rois, ach chaidh a' mhòrchuid dhiubh air bòrd air luingeas mòr nan trì chrann àrd, a bha turamanaich gu bòidheach, inich air an cuid acraichean, am bàgh Bhun Easain an Loch Lathaich. Chaidh iad air tìr nan eilthirich air cladaichean aineol an tìribh cèin: cuid an Astràilia mhachaireach fheurach, cuid an Zealand Ùr nam bàgh 's nam beann, agus a' chuid mhòr an Canada fhuar choillteach. Ach, mo thruaighe, bha feadhainn nach d' ràinig a-riamh tìr, 's a fhuair dachaighean buan an grunnd a' chuain mhòir. Bha fuaim fhalamh anns gach baile san Ros nan dèidh. Far an robh mire nan òigear, is ceòl-gàire nam maighdeann, cha chluinnteadh ach mèilich nan caorach agus glaodh a' chìobair. Far an robh na ficheadan de ghillean òga mileanta 's de òighean ciùin macanta, cha robh ach cìobair a-mhàin, 's a' ghaoth ag osnaich am measg nam bruach no siubhal gu luath feadh taighean gun chinn.

Bha an cìobair na aonar an Siaba, air an tulaich ghuirm bhòidhich am measg nan srath feurach fraochach a bha gan grèidheadh ri grèin chaoimh na h-àirde deis. Chaidh Màiri ga cosnadh gu Galldachd, a dh'aotromaich pàirt da trioblaid fhèin. Bha na buanaichean a' falbh 's a' tighinn mar a b' àbhaist ged nach robh an àireamh cho mòr 's a bu ghnàth.

'S ann co-cheangailte ris na cleachdainnean seo thàinig an aona bhuille bu ghoirte a fhuair an Ros ri cuimhne na bha beò san àm. Sheòl bàta Ailein Bhàin a-mach à Caol Idhe le buidhinn mhòir shunndaich chridheil aoibheil de fhir 's de mhnathan, sean is òg. B' ann tràth san fhoghar a bh' ann, is ràinig iad Cluaidh gu sàbhailte, ach mo chreach lèire, am bàgh Ghurraig bha an oidhche fhèathail fhoghair dorcha gun ghealaich, gun reul, agus chaidh bàta Ailein Bhàin a ruith sìos le bàta mòr smùid, mar bheagan cheudan slat do thìr, agus far an robh solas uinneagan Ghurraig a' gliostairich air an uisge, chaidh an sluagh aoibhinn don ghrunnd. De na bha air bòrd 's e triùir na shàbhaileadh, is am measg na bhàthadh bha màthair Màiri 's i air an t-slighe gu Galldachd a dh'amharc Màiri.

Tràth sa mhadainn bha Màiri am baile Ghurraig a choinneachadh a màthar, ach, mo thruaighe, b' i a' choinneamh ghoirt i. Dh'aithnich i a corp an taigh nam marbh. Dh'aithnich i mar an ceudna mòran eile da càirdean 's da luchd-eòlais, nan sìneadh fliuch fuar tostach mar "mhill chriadha fo chìs aig a' bhàs," a thàinig cho grad nan dàn.

Tha iad uile tìodhlaichte an seann chladh Ghrianaig gun chomharradh, gun chloich-chuimhne, ach am feur gorm a' cinntinn 's a' bàsachadh air an uaighean. Ach bithidh am beum goirt seo na charragh-cuimhne san Ros gu bràth. Ràinig a' bhuille gach doras bhon Lìob gu Ì, is chan eil nì a thachair mun àm nach bitear a' cunntas bho Bhàthadh nam Buanaichean."

Mar a thionndaidheas buinne sruth toiseach soithich air falbh bho a cùrsa, amhail mar sin dh'atharraich a' bhuille seo cùrsa beatha Màiri. Chaidh i dhachaigh a ghlèidheadh an taighe le a h-athair. Ach an ùine glè ghoirid, leagadh ceann a h-athar gu h-ìosal an ùir Chill MhicEòghainn, far an tilg grian a' mheadhanlatha shamhraidh, mar thilg i fad cheudan bliadhna, faileas seann bhallachan na h-eaglaise anns an do shearmonaicheadh, aon uair, trì creudan do na linntean a tha nan cadal mun cuairt oirre.

Bha Màiri a-nis gun duine gun daoine 's a' fàs suas am bliadhnachan. Bha i, mar an ceudna, na h-aonrachan am fàsach gorm cluainteach Shiaba na suidhe air an tulaich bhòidhich a tha ag amharc a-mach air a' Chuan t-Siar, is air an d' àraicheadh iomadh glùn da sinnsearachd. 'S iomadh smaoin fhad às a thigeadh a-steach oirre, 's i leatha fhèin ag imeachd mu na bruachan mun d' fhuair i a h-àrach, 's iomadh deur a leig i a' cuimhneachadh air na làithean a dh'aom, 's air na càirdean a dh'fhalbh 's nach tilleadh. Ach chan eil duine gun dà latha, agus is fìor an ràdh gu bheil an duirche is tighe ro bhriseadh fàire. Dh'èirich a' ghrian air Màiri bhochd aon uair eile. Thug comhairle buaidh air beachd, agus mu dheireadh thall, phòs i Iain nan Tòrr. 'S tric na dhèidh a chuimhnich i air briathran Eileag na Lùirich, "Bithidh Iain air do chluasaig fhathast." Agus thachair sin.

Bàta à Glaschu

Bha latha bòidheach foghair ann. Bha fèathachan fann de ghaoith an ear a' dèanamh choileach dhubha air an fhairge, agus beanntan Latharna a' dìreadh nan sgoran biorach ris an speur, mar gum biodh iad an eud ri stùcan àlainn Mhuile. Bha ball-dubh air a' chuan a-nall bhon Chrìonan, agus a' dèanamh air cladach an Rois. Cha robh doras an Uisgean, no cnoc mun cuairt a' bhaile, nach robh fir is mnathan a' cur sgàile lem bois air an sùilean 's a' sealltainn ri cuan. Bha fiughair ri bàta à Glaschu a h-uile latha o chionn seachdain, 's b' e siud an ùpraid 's an fhiughair 's an làn-aighear nuair a thigeadh bàta gu baile. Ach dh'fhàs am ball na bu mhò 's na bu mhò, agus le gaoith dìreach na dèidh agus a trì siùil làn, ràinig bàta Eòghainn MhicDhùghaill Port Uisgein, 's cha robh duine mu thrì mìle don phort nach robh aig cladach.

Am measg chàich, cò leum gu h-aotrom sgairteil a-mach às a' bhàta ach fear àrd dìreach smearail air an robh fìor choltas an t-saighdeir o bhàrr gu sàil a bhròige. Bha sùil gach aoin air a' choigreach, nach d' fhidir 's nach d' fharraid duine de na bha an làthair ach a ràdh san dol seachad: "Am beò am Borraiche fhathast?" "A bheil an seann each bàn aig Seumas Mòr an Fhàine fhathast?" "A bheil sgeir bhuidhe Bhun Easain far am b' àbhaist dhi bhith?" 's rudan neònach mar sin, 's a' faighneachd mu fheadhainn a bha marbh mun d' rugadh pàirt de na bha an làthair, ged nach robh iad ro òg. Ghabh e roimhe na aon sgrìob, 's na seann daoine a' sealltainn às a dhèidh, ag ràdh: "Tha fuil an Rois annad, co-dhiù, cò air bith thu." Ach cha d' aithnich duine e.

Chaidh e tro Bhun Easain gun stad air a cheum, 's a' fiosrachadh san dol seachad mu fhir 's mu mhnathan a bha marbh mòran bhliadhnachan roimhe siud, 's nach robh de eòlas aig an linn a bh' ann orra ach na fhuair iad o bheul-aithris. Seachad am muileann 's a-suas ri Aspall thug e gun mhoille, 's a' smèideadh le bhoineid ris an fheadhainn a bha a' buain anns na h-achaidhean air gach taobh dheth. Sheasadh gach aon a' sealltainn air a' choigreach aig an robh ceum an t-saighdeir. Ach ghabh e roimhe gus an deach e a-staigh air crìochan Shiaba. Bha iomadh sùil ga leantainn le iongnadh. Dhìrich na mnathan am bruthach len corrain air an gàirdeinean, 's na fir a bha a' ceangal, leis a' bhoinn nan làimh chlì, sheall iad às a dhèidh.

"Chan e Iain Bàn a th' ann, co-dhiù," theireadh a h-aon, "neo bheireadh e chiad aghaidh air taigh athar."

"Chan e idir a th' ann" theireadh aon eile, "chionn dh'aithnichinn fhìn e."

Cha robh roimhe ach ballachan falamh. Chaidh e seachad air tobhta an dèidh tobhta, 's mu dheireadh, le ceum mall 's le ceann rùisgte, ràinig e talla shònraichte. An sin chaidh e a-steach innte is sheall e mun cuairt. Thill e a-mach le ceann crom muladach is shuidh e air cloich mhòir a bha a' tighinn a-mach à oisinn na tobhta, is chaoin e.

Tharraing na fir a bh' air a' chnoc osann throm is lìon an sùilean. Chrom na mnathan an cinn is shil an deòir gu frasach a' feitheamh air an fhògrach a thill gu dhachaigh fhuair fhalaimh. Far an robh dùil aige gun coinnicheadh athair 's a mhàthair e gu mùirneach le làmhan sgaoilte, cha robh ann ach an àrach gun cheann, 's a' ghaoth ag osnaich mun cuairt. Chaoin is chaoin e. Thàinig na fir 's na mnathan da ionnsaigh is dh'fhidir e, 's an uair a thubhairt e: "Is mise Iain Eachainn," thuit bean air a mhuineal is phòg is phòg i e, a' caoineadh 's a' glaodhaich: "A bhràthair, a bhràthair, a bhràthair!"

Bha Iain roimhe seo mar gum biodh e ann an tìr a dhùthcha fhèin, gun aithne air neach beò a bh' innte, eadhan a dhearbh chàirdean, ach na cnuic 's na glacan mum biodh e tric a' cluich 's a' cleasachd le choimpirean fhèin. Do na bha beò dhiubh siud, bha e an-diugh na choigreach, ach thog a chridhe 's inntinn nuair fhuair e dà làimh a pheathar ma mhuineal, agus sin piuthar air nach robh cuimhne a-riamh aige, oir cha robh i ach na naoidheig bhig nuair a thriall e air slighe na h-amaideachd an làithean òige. Dh'fhalbh e na bhalach anns an fhoghar. Rinn e muinntireas ri tuathanach Gallda, 's cha b' fhada a dh'fhan e nuair chaidh e don arm, 's cha chualas an còrr a-riamh ma dhèanamh gus an latha seo.

Chaidh e tro Chogadh na Spàinnte agus chaidh a leòn aig San Sebastián. Chaidh fhàgail an dèidh an airm mar mharbh, ach fhuaireadh leis na Spàinntich e. Thugadh e do h-aon de na bailtean beaga measg nam beann, agus, an dèidh eiridinn ùine mhòir 's gun ach "thig 's cha tig" aige, thàinig e troimhe air èiginn. Thug e bliadhnachan an sin an easlaint, gun dùil a dhùthaich no a chuideachd fhaicinn gu bràth. Nuair fhuair e air chomas, rinn e rathad do Shasann, ach chaill e sealladh uile gu lèir air na càirdean 's air an luchd-eòlais a dh'fhàg e na dhèidh. Mar a dh'èirich do iomadh fear allabanach da sheòrsa, dhùisg miann làidir na inntinn tilleadh don dùthaich a thrèig e na òige, 's a lìon beag is beag, shiubhail e air a shlighe gus an deach e air bòrd air an t-siaraich aig Eòghann MacDhùghaill an Glaschu. Cha robh a bheag da cho-luchd-turais anns a' bhàta a' tuigsinn cò e mac seo do Eachann MacGilleEathain an Siaba.

Cha robh taigh-cèilidh sam biodh Iain nach biodh làn ag èisteachd ris na h-uirsgeulan a bhiodh e ag innseadh mun chogadh 's mu na Spàinntich am measg an do thuit e. Cha robh teintean eadar an t-Saor-Pheighinn is Àird Tunna nach biodh e oidhche fhèin air, 's cha bhiodh a luchd-èisteachd gann.

Chaidh e oidhche, mar a h-aon 's mar a dhà, do thaigh Dhùghaill na Saor-Pheighinn. Bha misneach mhòr aig athair 's aig màthair, 's gu sònraichte, aig bean Iain Bhàin, gum faodadh, an dèidh na h-uile rud, Iain Bàn fhèin tionndadh a-suas fhathast, 's bha fadal orra uile Iain Eachainn fhaicinn, 's gun cluinneadh iad na mìorbhailean tron tàinig e fhèin. Chaidh fàilte 's furan a chur air nuair a ràinig e, 's cha b' urrainn do na seann daoine bochd cumail air an deòir a' cuimhneachadh air an aona mhac fhèin.

"Sin agad nighean Iain," arsa bean Dhùghaill, "'s tha sinn toilichte sliochd a bhith againn ri linn e fhèin a chall," is bhrùchd i a-mach a-rithis.

Rug Iain air làimh air Mòir bhig, is thàinig tiomadh mòr air le a faicinn na caileig òig ghlain speisealta.

"Sin agad banntrach Iain," arsa bean Dhùghaill a-rithis. Sheall Iain oirre, is sheall ise airsan, is sheall iad le chèile mun cuairt an taighe, 's an sùilean gu leum às an ceann.

"A Mhòr, a Mhòr, a Mhòr!" ars Iain.

"Ò, Iain, Iain, Iain!" arsa Mòr.

"A ghaoil, a ghaoil nam ban!" "A rùin, a rùin nam fear!" ars iad à beòil a chèile.

"'S an i seo Mòr bheag, mo nighean, 's an d' fhuair mi 'rithis sibh le chèile? Thàinig coltas mo leinibh a'm chuimhne cho luath 's a chunna mi thu, eudail." Is phòg e gun sgur a' chaileag 's a màthair.

Bha fear an taighe 's a bhean a' feitheamh 's ag èisteachd bodhar dall le iongnadh. Thuig iad a' chùis sa mhionaid, ach bha an teangan ceangailte nan cinn, 's cha robh iad ach len làmhan paisgte, a' sealltainn air a' chàraid a rinn còmhdhail ri chèile air dòigh cho neònach, air dhaibh a bhith marbh da chèile iomadh latha 's bliadhna, 's an dara h-aon a' caoidh gu goirt airson an aoin eile.

"An dèan sibh idir fiughair rir mac 's ri fear mo chlèibh?" arsa Mòr mu dheireadh.

"Mas e d' fhear-sa th' ann, chan e mo mhac-sa," arsa Dùghall air a shocair fhèin. Sheall Mòr air Iain, is sheall Iain air Mòir, 's nuair a shìolaich a' chuideachd a-sìos, chaidh soilleireachd a chur air a' cheist.

Bha iad le chèile toilichte. Bha Dùghall 's a bhean toilichte gun robh cliù am mic air ath-bheothachadh a-rithis, agus co-dhiù bha e beò no marbh, gun robh e gun smal air. B' e an gnothach neònach seo cuspair na dùthcha fad iomadh latha. Chaidh soilleireachd ùr air naidheachd Nèill Mhàrtainn. Bha am fear à Loch Buidhe fìor gu leòir, ged chaidh an dara h-Iain a ghabhail an àite an Iain eile.

Màiri 's Eileag Uair Eile sa Chladh

Ach bha aon neach san dùthaich a rinn fiughair ris an nì na bu mhò na càch. B' e an neach sin Màiri a' Chìobair. Na banntraich 's mar a bha i, gun dùil ri Iain fhaicinn gu bràth, thog sac trom far a cridhe ri bhith a' smaointinn gun robh a leannan dìleas dhi an dèidh 's air fad. Ma bha car cam sa ghnothach, 's ann air a taobh fhèin a bha e, ach mar bha fios aig a h-uile duine, cha robh atharrach aice air.

Bha aon rud air an do chuimhnich i: litrichean Iain. Dh'fheumadh iad àite blàth fhaotainn na broilleach maoth aon uair eile.

Cha robh dàil no moille ann. Bheartaich i an t-each agus an tiotan bha i an glaic dìollaid.

Bha grian dhearg an fhoghair air tèarnadh cùl Idhe, agus a' pògadh nan tonn. Bha tiamhachd na h-oidhche anns gach glaic mun cuairt, is ceileir na smeòraich anns a' phreas a' fàs fann nuair a theirinn i sìos am bruthach gun chladh. Ghabh i a-steach is rinn i lom is dìreach air an tobhtaidh. Chuir i a làmh san fhròig, ach mo chreach, cha robh nì roimpe. Ghuil i an oidhche a dh'fhàg i iad, agus ghuil i a-rithis air an oidhche seo, ged bu mhòr a toil-inntinn gus am faca i gun robh a saothair an-asgaidh. Shuidh i agus smaointich i. Bhuin rudeigin ra guala, is thog i a ceann.

"Òbh, òbh! Eileag, an tu th' ann? 'S ann a dh'oilltich mi romhad. Ciod e air an t-saoghal a chuir an seo a-nochd thu?" arsa Màiri.

Bha Eileag bhochd ag ospagaich le cion analach, ach thug i oidhirp air a turas innseadh.

"Chunna mi tighinn thu, agus ghlaodh mi, cuideachd, ach cha chuala tu. Thuig mi ceann do sheud 's do shiubhail, agus bha toil agam, a rùin, do shaothair a chur an giorrad. Seo!"

"Mo litrichean! Mo litrichean!" arsa Màiri, 's i a' breith orra na dà làimh. "Mo mhìle mìle beannachd ort, Eileag. Càit an d' fhuair thu iad, no cuin a fhuair thu iad, 's e bu chòir dhomh a ràdh? Mo bheannachd ort, mo bheannachd ort," arsa Màiri à grunnd a cridhe.

"Fhuair mi iad an oidhche dh'fhàg thu iad, mun do bhruidhinn mi riutsa, 's tu ad shìneadh far a bheil thu ad shuidhe an ceartair."

"Tha mi 'd chomain, Eileag. Tha mi 'd chomain. Falbhaidh sinn a-nis, agus is mòr an toileachadh a th' agamsa a-nochd seach an oidhche mu dheireadh a thachair mi fhìn 's tu fhèin an seo. 'S mòr!"

"Gheibh thu barrachd toileachaidh fhathast, a Mhàiri. Cuimhnich mar thubhairt mi riut: 'gum biodh Iain air do chluasaig fhathast,' ars Eileag.

"Bha sin cheana ann," arsa Màiri.

"Bha, ach cha b' e 'n t-Iain ceart," ars Eileag.

Nuair a ràinig iad taigh Eileag na Lùirich, chaidh Màiri don dìollaid a-rithis, is chùm i ceum cothromach air an each, 's bu lìonmhor a smaointean air an t-slighe gus na Torra Beaga. Chuireadh i làmh ra broilleach an tràth-s' 's a-rithis le toileachadh litrichean a leannain a bhith aon uair eile na lùib. Ràinig i an taigh gu sàbhailte is nuair a fhuair i gu socrach na seòmar, leugh i litir an dèidh litir a cheart cho blàth thoilichte 's ged a b' ann an latha ud fhèin a thigeadh iad bho pheann Iain. Bha leatha mar gum biodh Iain a' bruidhinn rithe às an uaigh agus às ùr.

Chuir na smuaintean drochaid thairis air a' chuibhrinn tìm a shruth mar abhainn air sgèith le ailt beanntan a' mhì-fhortain eadar dà bhruaich a toil-inntinn, agus cho-cheangail na smuaintean an latha a bh' ann ris an latha a dh'aom. Thàinig làithean a h-òige air an ais chuice, agus dh'ùraicheadh dhi na nithean a dh'fhalbh, 's bha sùil ri Iain a thilleadh an dèidh a h-uile dad a bh' ann.

Ged a bha Màiri air fàs suas am bliadhnachan, bha an gràdh 's an gaol a thug i òg beò fhathast na cridhe, agus a-nis air ùrfhadadh. Cha robh roimpe ach fuireach le foighidinn feuch ciod e a bheireadh ùine mun cuairt.

An ceann bliadhna no dhà na dhèidh seo, thill Iain Bàn na Saor-Pheighinn dhachaigh, gu crùbach bacach, air leth-chois.

An ceann beagan ùine phòs e fhèin agus Màiri a' Chìobair, banntrach nan Tòrr.

Is tric a chuimhnich iad le chèile mar thubhairt Eileag na Lùirich: "Gum biodh Iain air a cluasaig fhathast," agus mar a chaidh a ràdh cheana, thachair sin, ach an tràth seo b' e an t-Iain ceart a bh' ann.

A' CHRÌOCH.